도전하는 마음

일러두기

1. 일본어 인명 및 지명은 국립국어원의 외래어 표기법을 따랐다.
2. 원서의 간사이 사투리는 경상도 사투리로 옮겼다.
3. 원서에 가타가나로 표기된 조선어/한국어는 어법에 맞게 우리말로 옮기고
   고딕체로 구분했다.

   예) オモニ(오모니)→어머니, ウリマル(우리마루)→우리말

세계를 무대로 활약하는 재일코리안 저글러의

도전하는 마 음

CHANG-HAENG.

*juggling
on the planet*

창행. 지음 | 한정윤 옮김

니라이
카나이

이 책을 읽어주셔서 정말 감사합니다. 먼저 독자 여러 분께 인사드립니다.

저는 일본에서 나고 자란 재일한국·조선인, 통칭 '재일 코리안'입니다. 초등학교에 다닐 때는 재일코리안이라는 이 유로 괴롭힘을 당한 적도 있습니다. 죽는 방법을 생각할 만 큼 무척 괴로웠지만, 다양한 사람들을 만나고 좋아하는 일 을 찾아 몰두하면서 조금씩 본래 모습을 찾았습니다. 지금 은 살아 있어서 정말 다행이라고 생각할 만큼 즐겁게 살아 가고 있습니다.

저는 저글링을 하는 프로 퍼포머입니다. 지금까지 세 계 82개 나라와 지역에서 퍼포먼스를 했습니다. 한국에서도 몇 번 한 적이 있습니다. 앞으로 독자 여러분과 저글링으로 만날 날을 기대해 봅니다.

이 책은 제가 프로 퍼포머로서 활동을 시작한 지 20년이 된 2020년에 일본에서 출간되었습니다. 감사하게도 정말 많은 분이 읽어주셨고 그 반향도 무척 컸습니다. 삶의 태도가 긍정적으로 변한 분, 포기할 뻔했던 꿈을 놓지 않고 도전한 분, 포기했던 꿈과 다시 마주한 분 등 제 이야기가 독자들의 삶에 크고 작은 역할을 할 수 있어서 기뻤습니다. 동시에 저 역시 앞으로 하고자 하는 일에 큰 자극을 받았습니다.

이 책을 자서전으로 여기고 읽으시는 분들이 많습니다. 하지만 저는 자서전은 아니라고 생각합니다. 직업상 사람들 앞에서 퍼포먼스를 하기 때문에, 저의 가장 빛나는 모습을 봐주신 분들에게 칭찬받을 때가 많습니다. 감사하고 기쁜 일이라고 여깁니다. 하지만 그렇게 빛나는 모습 뒤에는 실수를 거듭했던 또 다른 제가 있습니다. 많이 실패했고 많이 반성했습니다. 그리고 그럴 때마다 감사하게도 운명적인 만남이 있었습니다. 부족한 게 많은 가운데 그렇게 만난 분들에게 소중한 것을 많이 배웠습니다. 그래서 이 책은 지난 35년간 도전과 실패를 반복했던 제 인생의 반성문이자, 저라는 존재를 마음 깊이 사랑해주셨던 분들에게 드리는 감사장이기도 합니다.

이 책을 누가 어떤 환경에서 어떤 심경으로 어떤 처지에서 읽을지는 모르겠습니다. 어쩌면 10년 후, 50년 후, 100년 후의 독자가 읽어줄지도 모릅니다. 하지만 무엇보다 지금 여러 고민과 불안, 콤플렉스 등 부정적인 마음을 안고 있는 분이 자기만의 속도에 맞춰 읽어주길 진심으로 바랍니다. 또는 새로운 가치관을 세우고 싶거나, 일상생활 속에 약간의 자극을 바라거나, 조금 무리해서라도 어떤 일에 도전하고 싶은 분도 읽어주시면 좋겠습니다. 그렇게 제가 살아오면서 겪은 여러 일 중 어느 하나라도 독자 여러분의 마음에 긍정적인 영향을 줄 수 있다면 좋겠습니다.

이 책을 읽는 모든 한 사람 한 사람이 꿈과 목표가 있거나 찾고 있거나, 혹은 전혀 그런 생각을 하고 있지 않을 수도 있을 겁니다. 누구나 텔레비전과 잡지, 인터넷과 SNS 등을 보며 "이런 사람이 되고 싶다" "이런 일 멋지네" "이런 삶을 동경해" 같은 생각을 할 때가 있을 겁니다. 그런 모든 분에게 딱 한 가지 부탁이 있습니다. 물론 이렇게 생각하지 않는 분도 계시겠지만, "나는 안 된다" "이런 내가" 등 처음부터 자신을 '안 된다' '될 수/할 수 없다'라고 단정하지 말아주세요. 저는 그런 분들을 응원하고 싶습니다. 물론 노력한 모든 사람이 반드시 보답을 받는 건 아닙니다. 하지만 두 번째 걸음은 첫걸음을 내딛지 않으면 결코 디딜 수 없습니다. 그러니 자기만의 속도와 타이밍으로도 괜찮으니 어떤 일에 흥미가 생긴다면 조금이라도 좋으니 공부해 보고, 조금이라도 좋으니 실제로 부딪혀 경험해 보면 좋겠습니다.

저는 올해로 프로 퍼포머로서 대중 앞에 선 지 23년이 되었습니다. 꿈을 이루는 것은 힘들지만, 꿈을 계속 이루는 것은 더 힘듭니다. 하지만 즐겁습니다. 저는 제가 이룬 꿈을 계속 이루고 있으니, 여러분도 꿈과 목표를 찾으면 열심히, 때로는 힘을 빼고 그 꿈을 포기하지 않기 위해 계속 달려가시길 바랍니다.

2023년 10월

창행.

저를 모르는 사람도, 알고 있는 사람도 있겠지만 일단 간단한 자기소개를 하겠습니다. 저는 히라가나로 '창행.'이라는 이름으로 활동하고 있는, 저글링 묘기를 하는 프로 퍼포머입니다. 지금까지 세계 82개 나라와 지역에서 퍼포먼스를 선보였습니다. 예능인이자 영화감독이기도 한 비트 다케시 씨와 노벨 평화상을 수상한 데스몬드 투투 대주교 앞에서도 공연을 했습니다.

저글링이란 복수의 물건을 던지거나 돌리는 곡예입니다. 저글링에는 여러 종류가 있지만, 가장 알기 쉬운 건 저글링 볼일 겁니다.

이 책은 저글링뿐 아니라 지금까지 제가 살아온 이야기입니다. 저글링을 만나기 전에는 어떤 어린 시절을 보냈는지, 왜 일본에서 태어나 자랐고 일본 국적이 아닌지, 왜 이름이 두 개인지 등 저의 뿌리와 정체성에 대해서도 전하고 싶습니다. 그럼 재미있게 읽어주세요.

차례

집단 괴롭힘과
차별

최초의 기억

어제라고도 오늘이라고도 말하기 어려운 늦은 밤. 화장실에 갔다가 방으로 돌아가는 길에 거실 미닫이문 틈으로 빛이 새어 나오고 있는 걸 느꼈다. 그 틈으로 거실을 들여다보니, 작은 밥상 앞에서 눈물을 흘리며 생각에 잠겨 있는 할머니의 모습이 보였다. 할머니의 눈길 끝에는 평소 목에 걸고 다니는 열쇠가 있었다. 한숨과 동시에 흘러내린 눈물을 훔치는 모습이 걱정스러워 나도 모르게 말을 걸었다.

"할매, 와 우노?"

깜짝 놀란 할머니는 급히 그 열쇠를 목에 걸었다.

"와 일어났노. 머 묵을래?"

배는 고프지 않았지만 일단 작게 고개를 끄덕였다. 할머니는 평소에는 아무도 앉지 못하게 하는, 1년 전에 세상을 떠난 외아들의 특등석을 가리키며 앉으라고 했다. 그리고 상에 양 팔꿈치를 대고 사과를 깎기 시작했다. 나는 할머니가 사과 깎는 걸 보는 게 무척 좋았다. 사과 껍질을 끝까지 끊기지 않은 채 벗겨내는 모습은, 어린 내 눈에는 묘기였다.

할머니는 사과를 깎으며 중얼거렸다.

"니는 절대로 행복혀야 헌다."

딱히 별다른 의도는 없었지만 물어봤다.

"할매는 안 행복하나?"

그 순간, 원숭이도 나무에서 떨어질 때가 있다더니, 사과 껍질이 중간에 끊어졌다. 할머니는 표정 변화 없이 잠시 뜸을 들이더니 아무 일도 없었다는 것처럼 아무 말 없이 다시 사과를 깎았다.

할머니가 사과 한 조각을 들이밀며 말했다.

"먹고 나면 자라."

할머니는 내가 잘 모르는 말로 그렇게 말하고 방으로 갔다.

이게 내가 선명하게 기억하는 최초의 기억이다. 그리고 이 책의 중요한 시점에도 사과가 종종 등장한다.

우토로, 나의 고향

1985년 10월 10일, 교토부京都府 우지시宇治市에 주소를 둔 재일한국·조선인(이하 재일코리안)이 많이 살았던 마을, 통칭 '우토로'에서 나는 태어났다. 원래 '우토구치宇土口'라고

불린 마을은, 전쟁이 끝난 후 이곳에 정착한 조선인 사이에서 언제부턴가 '우토로'라고 불렸다. 아마 조선인이 한자 口(くち, 구치)를 가타가나의 口(로)로 착각해서 그러지 않았을까 싶다.

제2차 세계대전이 한창이던 1940년에 교토 비행장과 비행기 공장 건설 공사가 있었다. 이 공사에는 약 2,000명이 종사했는데, 그중 약 1,300명이 '인부 모집'으로 모인 조선인이었다고 한다. 일자리를 찾아 제 발로 왔지만, 원래 일본의 식민 지배로 땅을 빼앗겨 고향에서의 생활이 곤란해져 어쩔 수 없이 일본으로 이주한 사람이 많다. 일본에 왔지만 저임금의 육체노동밖에 없었고, 그런 와중에 교토 비행장의 인부 모집을 알게 된다. 징병 면제, 게다가 공사 현장의 임시 숙소인 함바에서 가족과 함께 살 수 있으니 조선인에게는 매력적인 일이었다. 1943년에 지어진 함바에는 공사 종사자와 그 가족이 생활하기 시작했다. 이 함바가 우토로 지구의 전신이다.

1945년 8월 15일. 일본의 패전으로 비행장 건설 공사는 중지. 미군에 공장은 몰수당했지만, 함바는 남겨졌다. 방치된 함바의 인부는 일을 잃고 배급도 끊겼다. 일을 찾아 다른 곳으로 가는 사람도 있는 가운데 일부 조선인과 그 가족은 그 후에도 함바에서 살았다.

나는 그 우토로에서 부모님, 할머니, 할아버지까지 다섯 명이 함께 살았다. 여기서 할머니와 할아버지, 엄마를 소개하겠다.

할아버지는 한국의 부산 출신이다. 1929년에 태어나 14살 때 일본으로 건너왔다. 말수가 적고 대화도 거의 하지 않는다. 일은 건축업. 이른 아침에 일을 하러 나가 밤에 돌아오자마자 텔레비전 앞에 앉는다. 할머니가 차린 저녁밥을 다 먹은 후에는 텔레비전을 보면서 혼자 술을 1.8리터 가까이 마신다.

할머니는 한국의 남서쪽에 있는 화산섬, 제주도 출신이다. 12살에 일본으로 건너왔다. 성격은 할아버지와 대조적으로 아무도 듣지 않는데도 혼자 계속 말한다. 새벽에 일찍 일어나서 할아버지의 아침밥을 한다. 할아버지가 출근하는 모습을 본 뒤에 다시 아침밥을 한다. 할머니의 칼질 소리가 내 자명종이다. 아무튼 음식에 대한 집착이 엄청나서 "지금 묵어. 지금 아니면 못 묵을 수도 있다"가 입버릇이다. 덕분에 우리는 넉넉하지는 않지만 밥만큼은 엄청나게 잘 먹었다.

어머니는 재일코리안이 많이 사는 교토의 히가시쿠조東九条 출신이다. 미소라 히바리(일본의 국민 가수—옮긴이)를 존

1살 때 엄마와 우토로에서

경하고 야마구치 모모에(1970년대에 활동한 가수 겸 배우——옮긴이)의 열혈 팬. 유치원부터 조선학교에 다녔지만 5학년쯤부터 엇나가 학교에 가지 않고, 중학교부터 일본 학교에 다니지만 그대로 불량의 길로 돌진한다. 중학생이 된 직후부터 담배와 오토바이를 즐기다가(?) 졸업을 앞두고 외할머니가 위독해지자 마음을 잡고 일을 하게 되었다. 180도 전환인데, 이게 아버지와의 만남과 이어진다. 일하고 있던 고깃집의 단골손님이었던 남성(아버지)과 맺어진 것이다. 아들

(나)을 낳지만, 3년 후에 남편은 타계. 이를 계기로 나를 데리고 우토로에서 나온다. 하지만 교토 기온의 클럽에서 일하던 엄마는 일찍 자는 3살 아들을 돌볼 수 없었다. 그래서 나는 초등학생이 될 때까지 대부분 우토로에서 지냈다. 엄마는 거품경제 시기에는 클럽 넘버원이 되었고, 나의 초등학교 입학과 동시에 스물여섯이라는 젊은 나이로 기온에 자신의 클럽을 열었다. 가게는 번창했지만, 내가 중학교를 졸업했을 때 그만두었다. 성격은 펑키&와일드지만, 정의감이 강하고 근본적으로 성실하다.

가족 소개를 다 했으니 슬슬 나의 어린 시절부터 돌아보고자 한다.

'오카모토 마사유키'가 되다

초등학교 입학식이 있던 날 아침. 엄마가 오늘을 위해서 할아버지와 할머니가 사준 재킷과 반바지로 된 멋진 어린이 정장을 입혀주었다.

정장을 입은 모습을 본 할머니가 기쁜 듯이 말했다.

"이야, 인물 나네. 이렇게 멋진 남자, 지금까지 본 적 없다."

쑥스러웠지만 거울에 비친 모습을 보고 나도 웃는 얼굴이 되었다.

집을 나서기 전에 엄마가 말했다.

"있잖아. 오늘은 처음 보는 사람이 많을 끼다. 이런 날은 첫인상이 엄청 중요하데이. 그니까 만나는 사람들마다 반갑게 인사해야 된다이."

단단히 주의를 받고, 할머니의 배웅을 받으며 엄마와 함께 학교로 향했다. 집에서 학교까지는 걸어서 15분 거리였다.

"내일부터 이 길 혼자 댕기야 하니까 잘 기억해둬야 한다이."

엄마는 걱정스럽게 말했지만, 나는 설레는 마음을 억누르지 못한 채 마냥 걸었다. 마침내 학교가 보였다. 자연스레 발걸음이 빨라졌다. 입학식이라 선생님들이 정문 앞에서 신입생과 보호자에게 인사를 하고 있었다. 엄마가 첫인상이 중요하다고 말한 것을 떠올리며 선생님들에게 씩씩하게 인사했다.

"안녕하십니까!"

그러자 선생님들이 '어?' 하는 표정을 지었다. 그 '어?' 하는 표정을 보고, 나는 '응?'과 같은 상태가 되었다. 분위기가 이상해졌다.

엄마가 뒤에서 다가와 내 머리를 가볍게 쥐어박았다.

"그 말, 이 사람들한테는 안 통한다. 일본어로 제대로 '오하요고자이마스'라고 해라."

엄마가 말하는 '일본어'라는 의미를 이해하지 못했지만, 어쨌든 엄마가 하라는 대로 했다.

"오하요고자이마스!"

학교에 도착해서 처음으로 한 입학 등록에서도 이상한 일을 겪었다. 접수처에서 엄마가 말한 이름은 '김창행金昌幸'이 아닌 '오카모토 마사유키岡本昌幸'였다. 입학 등록을 마친 후 '오카모토 마사유키'라고 쓴 이름표를 달고 일단 엄마랑 헤어졌다. 선생님이 이끄는 대로 신입생이 줄을 서는 곳으로 가니 다시 다른 선생님이 이름표를 확인한 뒤 말했다.

"오카모토는 여기에 서렴."

선생님의 말을 듣고 비집고 들어가는 것처럼 줄을 섰다.

'오카모토……?'

그 당시에는 나한테 이름이 두 개라는 걸 전혀 모르고, 이런저런 생각 끝에 '초등학생이 되면 모두 이름이 하나씩 더 생기네'라는 결론을 내렸다.

선생님이 모두에게 말했다.

"자, 지금부터 체육관에 들어갑니다! 줄을 선 그대로 선생님을 따라오세요!"

모두 줄이 끊어지지 않도록 선생님을 따라갔다. 체육관에 들어가자 보호자는 물론 선생님들과 내빈들이 따듯한 박수로 환영했다. 자리에 앉자 교장 선생님과 내빈의 인사, 상급생을 대표한 6학년의 축사가 있었다.

입학식이 끝나고 담임 선생님과 교실로 갔다. 보호자는 교실 뒤와 복도 쪽 창가에 서서 지켜보고, 아이들은 저마다 부모님을 찾다가 눈이 마주치면 멋쩍은 듯 있었다. 물론 나도 그랬다.

담임 선생님이 자기소개를 겸한 인사를 한 뒤 출석 확인을 했다. 이름이 불린 아이들이 씩씩하게 대답하는 가운데 여기서도 내 이름은 '김'이 아닌 '오카모토'라고 불렸다. 어리둥절한 기분에 조금 힘없는 목소리로 대답했다.

출석 확인이 끝나고 교과서와 학용품을 받아 집으로 왔다. 뭔가 롤러코스터 같은 하루였다. 어쨌든 이날부터 학교에서는 '김창행'이 아닌 '오카모토 마사유키'가 되었다.

할머니의 플라잉 니킥

본격적으로 학교생활이 시작됐다. 실은 그즈음에는 어디부터 어디까지가 '일본어'고, 어디부터 어디까지가 '우리말'인지 경계선을 잘 몰랐다. 더 이야기하자면, 우리말이 외국어라는 것조차 몰랐다. 우리말은 조선어·한국어다. '우리ゥリ'가 '와타시타치私たち', '말マル'이 '고토바言葉'. '와타시타치'의 '고토바'라서 '우리말'.

약간 매니악한 이야기지만, 엄격한 재일在日 가정에서 태어나면, 일본어와 우리말을 섞어서 말하는 경우가 있다. 이는 일본 사회의 재일코리안이 독자적인 방향으로 나아가면서 생겨난 '재일어在日語'라는 새로운 문화라고 생각한다. 우리본말('와타시타치'를 의미하는 '우리'와 일본을 의미하는 '이루본'의 '본'과 '고토바'를 의미하는 '말')이라고도 하는데, 요즘 말로 하이브리드 같은 것이다. 예를 들어, '소래와난데스까それは何ですか?(그것은 무엇입니까?)'를 '소래와난니까?'라고 하는 식이다.

초등학교 1학년 때 "선생님, 내일 제사라서 결석할게요"라고 하자, 선생님이 '제사…… 그게 뭐야?'라는 속마음이 다 드러난 것 같은 복잡한 표정을 지은 적이 있다. '제사'

란 조상을 공경하는 행사로, 뉘앙스적으로는 일본에서 말하는 호지法事에 해당한다.

이런 식으로 당시에는 일본어와 우리말을 구별한다는 개념 자체가 없었지만, 어떤 게 일본어고 어떤 게 우리말인지 헷갈리거나 일본어로는 뭐라고 말하는지 알지 못하거나 했다. 특히 고유명사에 애를 먹었다. 애초에 내가 외국인이라는 자각조차 없었기 때문에 우리말이 외국어라기보다는 일본어도 우리말도 일본의 말로 사투리 같은 거라고 생각했다. 그래서 이건 재일코리안뿐만 아니라 외국에서 나고 자란 사람이라면 공감할 수 있는 이야기일지도 모르겠지만, 부모에게서 자신의 뿌리에 대해 듣지 못하거나 민족교육이 이루어지는 학교에 다니지 않아도 일상의 문화적 차이에 따라 주변과 자신의 다름을 자연스럽게 느끼는 경우가 있다. 내가 처음으로 이런 다름을 느낀 건 "좋아하는 음식을 써봅시다"라는 내용의 수업을 할 때였다. 반 친구들은 오므라이스와 햄버거, 비엔나소시지와 미트볼 등을 쓰고 있는데, 나는 김치와 비빔밥, 시래깃국과 된장찌개 등 한국 요리만 잔뜩 썼다. 그런데 반 친구들은 그 음식들을 몰랐다. 안다 해도 김치 정도.

지금은 김치가 일본에서 밥에 어울리는 반찬 랭킹 상

위권에 들 정도의 시민권을 획득했다고 말하지만, 한류 붐과 케이팝K-POP 붐이 없었던 그때는 오히려 초등학생이 알고 있는 경우가 드물었다. 그 수업을 계기로 '왜 나는 주변과 이렇게 다른 점이 있지?'라고 머릿속이 물음표로 가득해졌다.

주위와의 다름을 조금씩 알아차리기 시작한 다음부터 몇 개월 후에 열린 운동회날 아침.

"창행! 인나라!"

눈을 뜨자 할머니가 서 있었다.

"이리 온나!"

잠이 덜 깬 상태로 할머니를 따라가 한반도가 남북으로 분단되기 전의 지도가 붙어 있는 벽 앞에 섰다. 아직 한반도조차 몰랐을 때였다.

"차렷!"

할머니의 기합이 잔뜩 들어간 말에 나는 자세를 바로 했다.

"잘 들어라, 창행아. 니는 오늘 싸우려고 태어났디. 오늘 운동회는 조국을 위해 이겨야 한다. 알았나!"

'조국'의 의미 따위 전혀 몰랐지만, 일단 적당히 "네!"

라고 답했다.

　아무래도 우리 집안에서 운동회는 빅 이벤트였는지 친척도 모였다. 이 운동회에서 처음 알게 된 게 있다. 도시락이다. 도시락은 일본 문화다. 조선 민족은 원래 가정 요리를 밖에서 먹는 경우, 집에서 어느 정도 조리한 것을 운반해 현지에서 마무리해서 먹는 식문화를 유지해 왔다. 그렇다고 하더라도, 오늘날 캠핑의 바비큐 등은 별 건으로 하고, 이 시대에도 그렇게 하고 있는 기상천외한 재일코리안은 멸종위기종인데, 이상하게도 우리 집이 바로 그 위기종이었다. 운동회 당일에 소형 트럭에 식재료와 조리기구를 싣고 그대로 학교로 향한 것이다. 나를 포함해 우리 집은 이게 당연한 거라고 생각해 먼저 와 있던 할아버지와 친척들이 운동장의 가장자리에서 신이 나서 조리를 하고 있었다.

　파란색 플라스틱 양동이에서 김치를 꺼내거나, 연장선으로 전기를 끌어와 핫플레이트에 부침개를 하거나, 작은 화로에 곱창을 굽는 등 아무것도 하지 않는 주변의 일본인 가족과는 너무나 다른 모습에 그동안 이런 게 당연하다고 생각했던 나는 조금 부끄러워졌다. 게다가 옷도 주변과 달랐다. 우리 쪽 여자는 한복을 입었다. 햇빛을 받으면 색이 선명해 무척 아름답지만, 이 또한 주변과 압도적으로 달라서 얼굴이 뜨거워졌다.

속으로 '엄청 신나 있네……'라고 생각하던 참에 조금 늦게 할머니와 엄마가 도착했다. 할머니는 앞에는 '우리는 이긴다!' 뒤에는 '조국을 위해'라고 쓴 큰 깃발을 들고 왔다. 엄마는 오자마자 나한테 말했다.

"창행아, 가족 대항 릴레이 열심히 하자!"

주변의 가족은 즐거운 운동회. 그러나 우리 집은 투쟁의 아수라장인 게 명백해 운동회에 임하는 열정의 차원이 완전히 달랐다.

가족 대항 릴레이는 압도적인 1위였다. 그리고 맞이한 50미터 달리기. 개인 종목으로는 메인 이벤트였다. 출발 신호를 기다리고 있는데, 왠지 뒤통수가 따가웠다. 가족이 있는 쪽으로 눈을 돌리자, 할머니가 검지를 까딱거리며 이리 오라고 부르는 게 보였다. 서둘러 갔다.

"차렷!"

'아, 또야?'라고 생각하며 나는 다시 차렷 자세를 했다. 할머니는 내 양 볼을 양손으로 찰싹찰싹 치고 매섭게 쏘아보며 말했다.

"잘 들어라, 창행. 1등 외에는 죽음을 의미한다이. 조국을 위해서 꼭 1등 해라!"

무슨 말인지 잘 이해가 되지 않았지만 적당히 고개를 끄덕이고 50미터 달리기에 나갔다. 필사적으로 달린 결과는 4명 중 2등이었다. 분한 마음은 없고 나로서는 만족스러운 결과였기에 그대로 반으로 돌아가려고 했다. 그때였다. 뒤에서 누군가가 "야!!!" 하고 크게 소리를 지르면서 오는 걸 느꼈다. 돌아보니 할머니가 전속력으로 나를 향해 달려오고 있었다.

할머니는 적당한 거리를 두고 멈추더니, 그다음 순간, 내 얼굴을 향해 왼쪽 무릎을 날렸다. 플라잉 니킥이었다. 만화나 애니메이션을 보면 얻어맞았을 때 별 같은 게 빙빙 도는 묘사가 있는데, 정말 팟 하고 작은 스파크 같은 게 보였다. 정신 차려보니 하늘을 보며 운동장에 쓰러져 있었다. 정신을 못 차리고 있는 나를 향해 할머니는 노여움에 겨워 말했다.

"왜 우리가 지노! 이런 데서 지면, 우리는 앞으로 일본에서 살아갈 수 없다야!"

할머니는 미간을 찌푸리며 엄청난 박력으로 쏟아냈다. 그 지축을 흔드는 듯한 분노의 목소리에 나는 전율했다. 그날부터 할머니는 나에게 공포의 존재가 됐다.

무시

왜 그런지 2학년 때의 기억이 전혀 없다. 어쨌든 반 배정을 하고 3학년이 된 어느 날의 일이다.

급식 시간이 되어서 책상을 붙였다. 같은 조 아이들과 같이 먹는 것이다. 그날의 식단표에는 '비빔밥'이 쓰여 있었다. 반 아이들 모두 "비빔밥이 뭐야?" 하고 이야기하고 있었다. 담임 선생님이 웅성거리는 교실을 보고 말했다.

"오늘 급식인 비빔밥은 한국 요리입니다. 모두 맛있게 먹어요!"

나는 비빔밥을 알고 있었기 때문에 신기하게 여기는 같은 조의 아이들에게 설명했다.

"비벼서 먹는 밥이란 의미니까 비벼서 먹는 거다."

그러자 같은 조의 이토(가명)가 말했다.

"아! 맞나! 니는 어째 그런 걸 알고 있는데?! 먹어본 적 있나?"

"다들 집에서 비빔밥 안 먹나? 우리 집은 자주 먹는데."

같은 조의 기시다(가명)가 말했다.

"오카모토 니는 '조센진'이제?"

이토가 기시다에게 말했다.

"조센진이 뭔데? 오카모토는 일본 사람인가? 외국인인가?"

기시다는 약간 난처한 표정을 지으며 말했다.

"음, 내도 잘 모르지만 엄마가 그래 말하더라."

모두 "흠~" 하는 느낌으로 그 이야기는 끝났다.

나는 나대로 집에서는 '조센진(조선인)'이라는 말을 당연하게 쓰기 때문에 단어 자체에는 익숙했지만, 조센진의 구체적인 의미까지는 이해하지 못했었다. 일본인 가운데 간사이 사람, 간사이 사람 가운데 교토 사람, 교토 사람 중에 조선 사람 같은 인식이었다.

일본에서 외국인으로 태어났어도 자기가 외국인이라는 걸 자각하기란 어릴 때일수록 어렵다. 피부색 등 생김새가 주변 사람들과 큰 차이가 있다면 어려도 의문을 품을지도 모른다. 하지만 나는 그런 걸 전혀 느끼지 못했고, 학교에서는 일본 이름을 쓰고 있어서 나는 물론이거니와 반 아이들도 말 이외에는 딱히 그 어떤 위화감도 없이 지냈다. 일본에서 외국인으로 태어났어도 어릴 때는 그렇다. 오히려 주변의 무신경한 발언과 질문으로 알게 되는 경우가 많다. 예를 들어 이런 식이다.

비빔밥 일에서 어느 정도 지난 급식 시간의 일이다. 옆

조의 무라야마(가명)가 갑자기 큰 소리로 말했다.

"오카토모 니는 매일 김치 먹나?"

갑작스런 질문에 당황한 것과 동시에 교실이 순식간에 얼어붙은 걸 느꼈다. 그러자 이토가 큰 목소리로 무라야마에게 말했다.

"그런 거 뭐하러 물어보는데! 불쌍하다 아이가."

이토가 말한 '불쌍하다'가 어떤 의미인지 이해가 가지 않았지만, 이 일을 기점으로 반의 분위기가 매일 조금씩 변하고 있다는 걸 느꼈다.

다음 날, 반 아이들에게 말을 걸자 돌아오는 반응이 왠지 서먹서먹한 느낌이었다. 처음에는 기분 탓이라고 생각했다. 하지만 시간이 갈수록 점점 반응이 없어서 차차 거리감이 느껴졌다. 그리고 끝끝내 대부분의 아이들이 나와 말을 하지 않게 되었다. '무시'였다. 원인을 전혀 알 수 없었다.

내가 반 아이들에게 뭔가 이상한 소리를 했거나 나쁜 짓을 하지 않았나 되짚어 봤지만 짚이는 데가 전혀 없었다. 어쩌면 내 몸에서 이상한 냄새가 날지도 모른다고 생각해 아침 일찍 일어나 구석구석 정성껏 씻은 뒤 등교한 적도 있다.

그러던 어느 날. 등교해 신발장을 보니 실내화가 없었다. 주변을 찾아봐도 나오지 않을 것 같아서 일단 신발을 벗은 채 교실로 갔다. 종이 울리고 선생님이 오셔서 출석을 부르기 시작했다. 실내화를 신지 않은 걸 선생님한테 들키지 않도록 발을 숨겼다. 점심시간에는 교실에 있는 것도 불편해서 아무도 없는 조용한 곳에서 보냈다.

종례가 끝나고 서둘러 신발장으로 갔다. 신발을 신고 서둘러 돌아가려고 하던 그때였다. 뒤에서 누군가가 어깨를 툭툭 쳤다. 돌아보니 모르는 아이였다. 다른 반 아이일까? 아니면 다른 학년인가? 그 아이가 말했다.

"내도 잘 모르겠는데, 안뜰에 잉어가 있는 데로 가보라고. 그렇게 말하라고 하대."

불길한 예감이 들었다. 안뜰의 잉어가 있는 콘크리트 수조로 갔다. 두려움에 떨며 발돋움을 해서 수조 속을 보자 바닥에 하얀 신발이 가라앉아 있었다. 이름을 보니 '오카모토'라고 쓰여 있었다. 수조 속으로 손을 넣어 실내화를 꺼냈다. 심장이 거세게 뛰는 게 느껴졌다. 진정하고 흠뻑 젖은 실내화를 들고 집으로 갔다.

엄마는 내가 초등학교에 들어간 이후부터 중학교를 졸업할 때까지 밤에 일을 해서 내가 집에 돌아가는 시간에는 가게에 나가서 집에 없었고, 또 학교에 갈 시간에는 자고 있었다. 그래서 평일에 엄마와 얼굴을 마주할 기회가 거의 없었다. 하지만 아침도 저녁도 밥은 매일 빠짐없이 만들어 놓아서 매일 밤 혼자서 밥을 먹고 텔레비전을 보거나 했다. 나는 외롭다고 생각한 적이 없었다.

하지만 그날은 달랐다. 아무도 없는 집으로 돌아가 그대로 한동안 현관에 서 있었다. 엄마에게 다 말하고 지금 당장이라도 울며 매달리고 싶은 심정이었다. 한편으로는 엄마한테만큼은 절대로 들키고 싶지 않은 마음도 있었다.

현관에 선 채 얼마나 있었는지 모르겠다. 꽤 오래 시간이 흘러 간신히 정신을 차리고 거실로 들어갔다. 오후 4시에 돌아온 것 같은데, 시계를 보니 오후 6시를 지나고 있었다. 상 위에는 엄마가 만든 밥이 있었다.

'아……. 어쨌든 밥을 먹어야겠구나…….'

그날은 왠지 전자렌지에 데울 기력조차 없어서 그대로 먹었다.

'무슨 맛인지 모르겠다.'

맛이 없다는 게 아니라 맛을 느끼지 못했다.

텔레비전을 볼 기분도 들지 않아 밥을 다 먹은 뒤 샤워를 하고 바로 침대에 누웠다. 자려고 눈은 감았는데, 여러 가지 생각을 하다 보니 전혀 잠이 오지 않았다. 눈을 감은 채 긴 시간이 흘렀다. 새벽 4시였을까, 5시였을까. 철컥 하고 문 여는 소리가 들렸다.

'어머니가 왔네.'

나는 엄마를 속으로는 우리말로 '어머니'라고 하고, 말로 할 때는 일본어를 썼다.

문이 열리고 방에 빛이 들어오는 게 감은 눈 위로 느껴졌다. 엄마는 방에 들어와서 내 머리를 부드럽게 쓰다듬었다. 꽉 안아주었으면 하는 마음이 간절했지만 그대로 계속 자는 척했다. 머리에서 손이 떨어지고 눈꺼풀 너머 빛이 사라졌다. 방은 다시 어두워졌다.

'어머니는 언제나 머리를 쓰다듬어주었던 걸까?'

어쨌든 그것만으로도 만족스러웠다.

그날 태어나 처음으로 한숨도 자지 못하고 밤을 지새웠다.

"조센진 죽어라!"

날이 밝았다. 등교 시간이 가까워졌다. 가고 싶지 않았지만, 오늘 가지 않으면 두 번 다시 가지 않을 것 같은 기분이 들어 어쨌든 집을 나섰다. 1, 2학년 때 같은 반이었던 아이가 등굣길에 먼저 인사를 했다. 그것만으로도 기뻤다.

학교에 도착해 집에서 갖고 온 말린 실내화를 꺼냈다. 신발장 앞에서 같은 반 아이 두 명과 마주쳤다. 용기를 내서 인사를 해 봤다.

"안녕!"

그러자 한 명은 "안녕", 다른 한 명은 "어"라고 했다. 나쁘지 않은 반응이었다. 완전히 무시당하고 있는 건 아니라는 걸 확인해 다행이었다. 그 수확은 무척 커서 용기를 내서 학교에 간 보람이 있다고 생각했다.

교실에 들어가 적극적으로 인사해 봤다. 확실히 인사를 받아주는 아이. 미적지근하지만 인사를 받아주는 아이. 눈을 맞추고 "어"라고 어색한 듯 인사를 하는 아이. 눈은 맞추지 않지만 일단 인사를 하는 아이. 완전히 무시하는 아이.

어느 날의 급식 시간부터 내가 있는 조에는 침묵이 감돌았다. 말을 하는 경우는 다 마신 빈 우유갑을 모으는 당번을 정하는 가위바위보를 할 때 정도였다. 그런 나날이 몇 주간 이어지고 점차 대부분의 아이가 인사조차 하지 않았다.

여름방학이 되었다. 여름방학은 대부분 할아버지 할머니가 있는 우토로에서 보냈다. 한동안 학교에 가지 않아도 된다는 것만으로도 마음이 편해졌다. 무엇보다 좋았던 건 할아버지와 보내는 시간이었다. 할아버지는 바다에 갔을 때는 나를 튜브에 태워서 먼바다 쪽으로 데려간 뒤 깊은 곳까지 잠수해서 맨손으로 조개를 따거나 작살로 생선을 잡았다. 그 야성적인 모습을 수면에서 물안경을 쓰고 지켜보는 게 즐거웠다. 강에 갔을 때는 내가 친 그물을 향해서 할아버지가 물고기를 몰았다. 언제나 물고기를 잔뜩 잡았다. 강에서는 그런 공동 작업이 정말 즐거웠다. 그러나 개학이 가까워지면서 다시 학교 일로 우울해졌다.

2학기가 시작했다. 대부분의 반 아이가 대화는커녕 인사조차 하지 않는 상황이 되었다. 그런데 이상하게도 그런 날들에 익숙해져버린 내가 있었다.

'이건 이거대로 뭐 나쁘지 않은 걸지도 몰라.'

이렇게 생각하게 됐다.

점심시간은 도서실에서 보냈다. 학교의 도서실에는 데즈카 오사무 코너가 있어서 『불새』 『붓다』 등을 읽은 걸 계기로 만화를 좋아하게 되었다. 집에 돌아가서도 텔레비전을 보고 즐길 수 있는 여유가 생겨, 학교에 가는 것과 교실에 있는 것 자체는 고통스러웠지만 그 외에는 보통의 일상생활을 하고 있었다.

그러던 어느 날 평소처럼 등교해 자리에 앉으려고 의자를 뺐는데 의자 바닥에 압정이 잔뜩 뿌려져 있었다. 킥킥거리는 소리가 들려서 주변을 돌아보자 기시다와 무라야마가 웃으며 나를 보고 있었다. 수업 종이 울렸다. 선생님이 들어와서 서둘러 압정을 가방에 쓸어 넣었다.

'오늘은 평소와 명확하게 분위기가 달라.'

누가 신발을 수조에 넣었을까? 누가 압정을 의자에 흩뿌려놓았을까? 그리고 무엇보다 나한테 왜 이러는 걸까? 수업 중에 줄곧 이런 생각을 했다.

점심시간이 되었다. 변함없이 대화는 없었다. 늘 우유 당번을 정하는 가위바위보를 했는데, 그날은 조의 모든 아이가 우유갑을 내 책상에 아무 말도 없이 놓고 갔다. 바로 알아차렸다. 오늘부터 내가 계속 우유 당번이라는걸. 그렇게 우유 당번이 됐다. 다른 조의 무라야마가 일부러 우유갑을 들고 온 날도 있었다.

어느 날 5교시가 시작해 책상 서랍에서 교과서와 노트를 꺼냈다. 교과서를 넘기자 낙서 같은 것이 눈에 들어왔다. 게다가 한 쪽만 아니라 몇 쪽에 걸쳐 낙서가 있는 것 같았다.

조센진 죽어라!

너네 나라로 꺼져!

학교에 오지 마!

김치 냄새 나잖아!

완전히 몸이 굳어버렸다. 이날 이후로 '조센진'이라는 단어를 강하게 의식하게 되었다. 아직 외국인이라는 의식과 역사에 대한 지식도 없어서 "너네 나라로 꺼져!"라는 말은 잘 이해가 되지 않았지만, 최소한 내가 반에서 따돌림의 대상이 되었다는 것만은 확실히 알았다.

"야, 조센진이 와 교실에 있노."

"어디서 김치 냄새 안 나나?"

"징그럽다. 학교 오지 마라."

"아직도 안 죽었나. 얼른 뒤지라."

선생님이 없을 때는 기시다와 무라야마가 대놓고 이렇게 말하는 지경이 되었다. 정말이지 정신적으로 괴로웠다.

'다음 주부터 학교에 가지 말자.'

하교 시간. 서둘러 교실을 뛰쳐나왔다. 1초라도 빨리 학교에서 나가고 싶었다. 정문을 나와 학교가 보이지 않을 정도의 거리를 달렸다. 뒤에서 누군가 쫓아오는 게 느껴졌다.

"오카모토!"

뒤돌아보니 같은 조의 이토였다.

"오카모토, 미안. 기시다랑 무라야마가 반 전체에 오카모토는 '조센진'이니까 말하지 말라고 해서. 사실은 도와주고 싶지만 무서워서⋯⋯. 아무것도 해주지 못해 미안."

나는 아무 말 없이 집으로 향했다. 결코 이토를 무시한 게 아니다. 이토의 마음은 고마웠다. 다만 뒤에 우리 반 아이가 보여서 나랑 같이 있는 걸 보면 이토에게 좋을 게 없다고 생각해 지나친 것이다.

'다시는 학교 애들과 만나지 않을 거야.'

그런데 더 이상 학교에 가지 않겠다고 결심한 그날, 나에게 영웅이 나타났다. 잊혀지지도 않는다. 금요일이었다. 할아버지와 할머니를 만나려고 우토로에 갔다. 그날 밤, 성룡의 〈드렁크 몽키 취권〉을 봤다. 다음 날인 토요일이 〈취권 2〉의 개봉일이어서 그 전날에 전작이 방송된 것이었다.

성룡의 영화를 처음 봤다. 성룡이 연기하는 낙오자인 주인공이 혹독한 수행을 하고, 한 번 졌던 숙적에게 맞서 이긴다는 내용이었다. 감동했다. 충격이었다. 강적에 맞서는 성룡의 모습은 용기를 북돋아주었다.

얼마나 좋아했는지 할머니가 말했다.

"내일 이 후속편을 극장에서 하는 것 같더라고. 보고 싶나?"

"헉! 2탄 있나?! 볼래!"

"그럼 내일 같이 보러 갈래?"

"갈래!"

그날의 일은 모두 선명하게 기억하고 있다. 텔레비전 앞을 떠나지 못하고 수련 장면에서는 펀치나 킥을 흉내내고 싸우는 장면에서는 성룡을 응원했다. 나는 가면 라이더나 울트라맨, 전대물戰隊物 같은 히어로물에는 별로 관심이 없었다. 태어나 처음으로 열광한 히어로가 성룡이다.

다음 날, 할머니랑 〈취권 2〉를 보러 갔다. 할머니랑 둘이 외출한 건 그때가 처음이었을지도 모른다. 전날을 뛰어넘는 대열광. 성룡은 나에게 부동의 영웅이 되었다. 무척 흥분한 상태였을 것이다. 영화가 끝난 후 할머니가 말했다.

"한 번 더 볼래?"

실은 한 번 더 보고 싶어서 근질거렸다.

"진짜?! 볼래!!"

그날 〈취권 2〉를 두 번 봤다. 왠지 강해진 기분이 들었다. 배후에 적이 없는지 확인하면서 돌아갔다.

결국 그다음 주부터도 학교에 갔다. 나도 성룡처럼 강

하고, 그리고 어떤 일에도 도망치지 않고 맞서는 남자가 되고 싶었기 때문이다. 학교에 가면 무시와 괴롭힘을 당하는 나날은 변함없었지만, 히어로 '성룡'은 내 마음 속에서 큰 버팀목이 되어 어떻게든 나 자신을 지킬 수 있었다. 그렇게 3학년을 마쳤다.

폭력의 나날

반이 갈리지 않은 채 그대로 4학년이 되었다. 한 학년 올라갔어도, 반 아이들이 나를 대하는 태도는 그대로였다.

4학년이 되면 일주일에 한 번씩 동아리 활동을 한다. 나는 만화를 좋아해서 일러스트 만화 동아리에 들어갔다. 우리 학교는 4학년부터 6학년까지 같은 동아리에 소속되어 활동했다. 일반적인 수업과는 달리 다른 반 아이와 상급생도 있기 때문에 반에서 받던 무시와 괴롭힘에 하루하루 괴로워했던 나에게 일주일에 한 번 있는 동아리 활동은 즐거움의 하나가 되었다.

일러스트 만화 동아리에서는 처음에 무엇을 그릴지 생각한다. 한 장의 그림을 그려도 좋고, 4칸 만화 등을 그려도 된다. 나는 마침 『데즈카 오사무의 구약성서 이야기』를 읽고 있었고 천지창조 이야기에 나오는, 하느님이 인간을 만들고 에덴동산에 아담을 두는 이야기를 좋아해서 '낙원의 아담'을 그리기로 했다.

초등학교 4학년답지 않은 테마를 골랐다고 생각하지만, 당시 내가 처한 상황을 생각하면 학교생활에서 주 1회의 동아리 활동은 '에덴동산' 그 자체였을지도 모른다. 학교에서 마음 편하게 있을 수 있는 몇 안 되는 시간. 그러나 낙원은 지옥으로 변했다.

4학년이 되고 한 달 정도 지난 즈음이었다. 집중해서 그림을 그리고 있는데 뒤통수에 작은 자극을 느꼈다. 처음에는 기분 탓이라고 생각했는데 자꾸 작은 자극이 느껴져 뒤통수를 왼손으로 북북 긁었다. 그러자 뒤쪽에서 작은 웃음소리가 들렸다. 뒤돌아보니 6학년 두 명이 나를 보며 웃고 있었다. 신경이 쓰이기는 했지만, 일단 그림을 이어 그리려고 하는데 다시 뒤통수에 자극을 느꼈다. 다시 돌아보니 쓰쓰미(가명)와 하마구치(가명)라는 6학년들이 잘게 떼어낸 지우개 조각을 나를 향해 던지려고 하고 있었다. 쓰쓰미는 나한테 들켜서, 야구 경기에서의 보크처럼 도중에 멈췄다. 결국, 그 뒤에도 종이 울릴 때까지 지우개 조각은 몇 번이고 날아왔다.

동아리가 끝나고 집에 가려고 복도로 나왔을 때였다. 뒤에서 누군가 오른쪽 어깨를 툭 치고 갔다. 조금 전의 6학년들이었다. "어~ 미안"이라고 말하더니 그대로 사라졌다. 그날을 기점으로 동아리에서 두 사람의 괴롭힘이 시작됐다.

동아리 시간에는 자유롭게 자리에 앉았다. 그걸 이용해 쓰쓰미는 바로 내 뒷자리에 앉았다. 그리고 선생님이 다른 데를 보는 틈을 타 내 머리나 등을 때리거나 다리를 걸어찼다. 제일 뒷자리에 앉으려고 하면 "니 자리는 내 앞이잖아"라고 하며 강제로 자기 앞에 앉혔다.

낙원이었던 동아리도 다시 고통의 시간이 되었다. 내가 도대체 뭘 했다는 걸까. 무슨 죄를 지었길래 벌을 받는 걸까. '낙원의 아담' 다음에는 하느님을 거역해 선악과를 먹고 에덴동산에서 쫓겨나는 아담과 이브를 그렸다. 특정 종교를 믿는 건 아니지만, 당시 『데즈카 오사무의 구약성서 이야기』를 읽고 있던 나는 하느님이 나에게 삶의 시련을 주고 있는 게 아닐까 하는 생각마저 했다.

어느 날 동아리가 끝난 후 쓰쓰미와 하마구치가 "잠깐 따라온나"라고 하며 사람들의 눈에 띄지 않는 학교 뒤편으로 끌고 갔다. 얼음장 같은 목소리가 귓가에 울렸다.

"니, 조센진 같던데."

그다음 순간이었다. 쓰쓰미가 머리카락을 단단히 움켜쥐더니 내 배를 향해 있는 힘껏 무릎을 꽂아 넣었다. 땅바닥에 웅크리며 주저앉자 이번에는 하마구치가 오른쪽 옆구리를 힘껏 걷어찼다. 비명을 지르고 싶었지만 목소리가 나오지 않았다. 지금 무슨 일이 일어나고 있는지조차 파악이 되지 않았다.

"조센진 주제에 까불지 마라."

쓰쓰미가 이렇게 쏘아붙이고 둘은 사라졌다.

집에 돌아와서도 걷어차인 배가 아파 저녁을 먹을 힘도, 텔레비전을 볼 기분도 들지 않아 씻지도 않고 그대로 침대에 누워 기절한 것처럼 잠들었다.

다음 날 아침, 학교에 가는 것 자체가 고통스럽게 느껴졌다. 그러나 엄마한테만큼은 절대로 들키고 싶지 않다는 마음 하나로 학교에 갔다. 몇 번이고 공원에서 시간을 보낼까 생각했지만, 학교에 가지 않은 시점에 학교에서 엄마한테 연락해 금방 들킬 게 뻔해 그날부터 그저 참고 견디는 날이 계속됐다.

가급적 쓰쓰미와 하마구치랑 마주치는 걸 피하려고 점심시간에 그렇게 좋아하던 도서실에 가는 것도 그만뒀다.

폭력으로 고통스러울 바에야 반에서 고독을 참고 견디는 게 훨씬 낫다. 그러나 주 1회의 동아리 활동에서는 도망칠 수 없었다.

그로부터 일주일. 동아리 활동의 날이 왔다. 동아리 교실로 가자 쓰쓰미가 자기 앞자리에 앉으라고 손짓했다. 마침 선생님이 들어오셔서 재빨리 다른 자리에 앉았다. 그러자 쓰쓰미가 책상을 쾅 하고 쳤다. 선생님이 "뭐꼬? 무슨 일이고?"라고 물어도 쓰쓰미는 아무것도 아니라고 말하고 나를 노려봤다.

종이 울리고 서둘러 집에 가려고 하는데, 쓰쓰미와 하마구치가 쫓아왔다. 팔을 낚아챈 쓰쓰미가 "니 이 새끼 와 도망치는데!"라고 하며 그대로 학교 뒤쪽으로 끌고 갔다.

쓰쓰미가 말했다.

"시발놈아, 니 내 무시했지."

"아니요. 몰랐는데요."

"거짓말하지 마라! 눈 마주쳤잖아!"

"죄송해요. 쌤이 들어오셔서……."

말하는 도중이었다. 하마구치가 뒤에서 목을 조르고, 쓰쓰미는 몇 번이고 따귀를 때렸다. 그리고 배를 걷어찼다. 지옥이다. 공포와 아픔에 울부짖었지만, 울면 울수록 비명을 지르면 지를수록 폭력은 심해졌다. 처음으로 울면서 집에 왔다.

다음 날 아침. 몸 전체가 아팠다. 이날도 엄마한테 들키고 싶지 않다는 마음 하나로 학교에 갔다. 그리고 그날부터 쓰쓰미를 필두로 6학년들이 폭력을 휘두르는 나날이 시작됐다.

하루는 신발장 앞에서 내가 등교하는 걸 기다리고 있었다. 그대로 체육관 뒤로 끌려가 "어이, 조센진! 오전 입국조사다!" 하고 얻어맞았다. 쓰쓰미 무리는 선생님에게 들키지 않도록 옷으로 가려진 곳을 때렸다. 일방적으로 계속 때리다가 얼마 후 "됐다. 이제 교실로 가라"라며 쓰쓰미의 신호로 구타는 끝났다.

어느 날의 점심시간에는 체육관 창고 뒤로 불려 가 목이 졸리면서 네댓 명에게 두들겨 맞았다. 강제로 잡초를 먹거나 소각로에 갇히기도 했다. 또 하루는 학교가 끝나고 고구마밭으로 부르더니 나를 겨냥해 금속 배트로 경식 야구공을 쳤다. 나는 그저 공을 피해 도망 다녔다. 이날 오른쪽 귀에 공을 맞아 피가 났다. 그걸 본 6학년들은 사라지고 나는 보건실로 갔다. 당연하게도 보건실 선생님은 어떻게 된 거냐고 물어봤지만, 친구랑 캐치볼을 하며 놀다가 맞았다고 말했다. 도저히 괴롭힘을 당하고 있다고는 말할 수 없었다.

어느 날, 6학년들의 집단 괴롭힘이 발각됐다. 점심시간에 체육관 창고 뒤로 오라고 했지만, 무시하고 수영장 옆 덤불에 숨어 있었다. 그러나 바로 하마구치에게 들켰다. 대장인 쓰쓰미가 등장했다. 쓰쓰미는 주머니에서 상자를 꺼내더니 그 안의 조각칼을 꺼냈다.

"이 새끼 잡아라."

다섯 명이 붙잡아 꼼짝할 수 없게 됐다. 극도로 공포스러웠다. 울부짖으며 필사적으로 도움을 청했다. 그러나 입에 대량의 모래를 물린 채 공포와 고통으로 완전히 패닉 상태에 빠졌다.

쓰쓰미가 조각칼로 왼팔을 그었다.

"너거도 해라!"

쓰쓰미 무리는 조각칼로 내 팔을 몇 번이고 그었다. 잠시 후, 다시 쓰쓰미가 조각칼을 쥐었다. 쓰쓰미는 또 왼쪽 팔을 그었다. 몇 번이고 연속해서 그었다. 그러자 반숙란이 툭 터지는 듯한 느낌이 들었다.

"시발, 튀라!"

쓰쓰미의 한마디에 6학년들은 모두 달아났다.

무슨 일이 일어난 건지 전혀 파악이 안 됐지만, 왼쪽 팔이 저리고 점점 감각이 마비되는 게 느껴졌다. 팔을 보니 피가 뿜어져 나오고 있었다.

'피 나네…… . 지혈해야…… .'

오른손으로 상처를 틀어막은 채 비틀거리며 운동장을 가로질러 보건실로 향했다. 운동장에서 놀고 있던 아이들은 피범벅인 나를 보고 혼비백산했다.

'이대로 죽을지도 모르겠다……' 같은 생각을 하고 있는데, 누군가 교무실에 가서 말했는지 선생님이 뛰쳐나오는 게 보였다. 선생님은 나를 안고 보건실까지 데려갔다.

"쌤…… . 6학년이 그랬어요…… 도와주세요…… ."

처음으로 누군가에게 도와달라고 한 순간이었다.

여기서 의식을 잃었다.

엄마, 교장실에 등장

병원으로 옮겨졌다. 보건실에서 적절한 응급처치를 한 덕분에 결과적으로 중상까지는 가지 않았다. 엄마도 병원으로 달려왔다. 결국 괴롭힘을 당하고 있다는 사실은 말하지 못하고 6학년과 조각칼로 까불며 놀다가 찔리고 말았다고 했다. 엄마는 내가 거짓말을 하고 있다는 것 정도는 알았을 텐데, 상황을 지켜보고 싶다고 생각한 건지 더 이상 캐묻지 않았다.

다음 날, 걱정이 됐는지 반 아이들 몇 명이 괜찮냐고 말을 걸었다. 방과 후에는 다목적실에서 쓰쓰미 무리 전원과 저마다의 담임 선생님이 어제의 일에 대해 이야기하는 자리가 있었다.

"무슨 일이 있었는지 말해 볼래?"

어쨌든 6학년, 특히 쓰쓰미의 눈이 무서웠기 때문에 병원에서 말한 것을 그대로 말했다. 선생님이 6학년들에게 "오카모토가 말한 게 틀림없니?"라고 묻자, 쓰쓰미는 "네, 진짜 장난이 심했다고 반성하고 있어요"라고 했다. 그렇게 이야기가 진전되어 쓰쓰미 무리한테 사과를 받았다.

"오카모토도 이걸로 용서해주는 거지?"

선생님의 말에 고개를 끄덕였다.

그러나 골치 아픈 괴롭힘은 여기서부터다. 다음 날 아침, 6학년 두 명이 사물함 앞에서 기다리고 있었다. 나를 보자마자 말했다.

"이야, 조센진 왔다!"

6학년들은 내 머리를 세게 잡아당겼고, 그렇게 머리를

잡힌 채 체육관 뒤쪽까지 끌려갔다. 쓰쓰미를 포함한 기존 멤버 여섯 명에 두 명이 더 있었다. 모두 여덟 명. 절망적이었다.

쓰쓰미가 코앞까지 다가와 매섭게 노려보며 말했다.

"시발놈아, 니 뭔데 쌤한테 씨부리노!"

그대로 내 왼쪽 턱을 오른쪽 주먹으로 있는 힘껏 때렸다. 무릎이 꺾이자 여덟 명이 몰려들어 발길질을 하는 폭풍에 휩싸였다.

6학년들이 가버린 후, 나무에 기대 축 늘어졌다.

'이렇게 비참하게 학교에 다닌다는 걸 어머니, 할아버지, 할머니에게는 절대로 들키고 싶지 않아.'

이렇게 괴롭힘을 당하는 지경에 이르렀어도, 초등학생이 된 나를 대견하게 여기는 엄마를 절대로 번민하게 하고 싶지 않았다. 초등학생이 된 나를 진심으로 축복해준 할아버지와 할머니를 절대로 슬프게 하고 싶지 않았다.

그래서 상처가 생겼을 때는 집에 들어가기 전에 엄마의 차가 있는지 없는지 확인하러 갔다. 학교에 가지 않는 날에는 가급적 엄마랑 얼굴을 마주하지 않으려고 "친구랑 놀다 올게"라며 있지도 않은 친구를 만들어 혼자서 하루 종일 공을 차고 놀았다.

할아버지와 할머니에게도 멍이 든 걸 들키지 않게끔 "이제 혼자 씻을래"라고 말하고 혼자 목욕을 했다. 혼자서 씻겠다고 말했을 때, 할아버지와 할머니는 약간 섭섭한 얼굴이었다. 하지만 학교에서 괴롭힘을 당하고 있다는 걸 알고 슬퍼할 거라면 같이 목욕하는 걸 포기하는 게 낫다고 생각했다.

가족들에게 있어 나는 친구들과 함께 즐거운 학교생활을 하고 있어야 했다. 그러니 무슨 일이 있어도 들키면 안 됐다. 그래서 즐겁게 다니고 있는 것처럼 굴었다. 하지만 이제 그렇게 못할지도 모르겠다는 생각이 들었다.

가족들이 알게 될지도 모른다는 불안, 알게 됐을 때 슬퍼할 가족들의 모습, 무엇보다 가족들이 약한 모습의 나한테 실망하지 않을까 하는 공포로 머릿속이 가득 찼다.

일단 교실로 향했다. 복도에서 마주친 선생님은 입과 코에서 피를 흘리는 나를 보고 놀라서 말했다.

"오카모토! 먼 일이고!"

"아무 일도 아니에요……."

"보건실로 가자!"

선생님에게 이끌려 보건실로 갔다.

"그 6학년들이 그랬나? 오카모토 니 실은 괴롭힘당하

고 있는 거제?"

"정말 아무 일도 아니에요."

"아무 일도 아니라니! 똑바로 말해라!"

선생님이 추궁하면 추궁할수록 위축되어 입을 다물고 말았다. 선생님은 불안한 표정을 지으며 말했다.

"일단 정리되면 다시 이야기하자."

치료를 받고 교실로 갔다.

'목 매달기…… 뛰어내리기…….'

수업 중에 정신을 차려보니 죽을 방법을 생각하고 있었다.

'어떤 방법으로 제일 편하게 죽을 수 있을까?'

학교 폭력이 원인으로 스스로 삶을 놓아버리는 학생들의 뉴스를 자주 접한다. 반에서 무시당하기 시작했을 무렵 마음 한구석에는 '내가 왜 이런 일을 당해야 하는데!'라고 반발하는 동기가 있었다. 분명 이 초기 단계라면, 학교 폭력을 방관하고 있는 주변 사람들이 용기를 내서 그러면 안 된다고 말한다면, 어떤 피해자라도 구할 수 있을 것이다. 나는 그렇게 믿는다. 그러나 인간은 이상한 생물로 매일 반복해서 괴롭힘을 당하면 생각이 바뀐다.

'나는 살면 안 되는 인간이니까.'

'나는 살아 있는 것만으로도 사람들에게 민폐니까.'

무슨 연유인지 그렇게 생각하게 된다. 아니, 오히려 그렇게 생각하는 게 편할지도 모른다. 스스로 괴롭힘을 당하는 이유를 만들어 납득하면 조금이라도 마음이 편해지기 때문이다. 이렇게 되면 괴롭힘을 당하는 아이를 구하는 건 어렵다. 그러니까 만약 주변에서 학교 폭력을 목격하면 무슨 일이 있어도 그 자리에서 하지 말라고 말해야 한다.

6교시가 끝나는 종이 울리고, 선생님이 교무실로 불렀다.

"오카모토 니 정말 괜찮나? 괴로운 일이 있으면 뭐든지 선생님한테 말해도 된다."

"정말 괜찮아요."

살갑게 챙겨주는 건 감사했지만 선생님의 다정함 자체가 괴롭게 느껴져 그만 교무실을 뛰쳐나왔다.

정문으로 나가면 쓰쓰미 무리가 숨어서 기다리고 있는 경우가 있어서, 약간 돌아가지만 정문이 아닌 후문으로 향했다. 후문 쪽을 향해 걸어가는데, 뒤에서 선생님의 목소리가 들렸다.

"위험해!"

선생님의 외마디 비명이 들린 직후였다. 쿵! 엄청나게 큰 소리가 울려 퍼졌다. 놀라서 뒤를 돌아보니 돌멩이가 잔

뚝 든 알루미늄 양동이가 떨어져 있었다.

'이건 뭐지…….'

올려다보니 쓰쓰미 무리가 웃고 있었다. 하마구치가 4층에서 나를 겨냥해 양동이를 던진 것이다. 쓰쓰미가 즐거운 듯 말했다.

"겁나 아깝다!"

"바로 조센진 없앨 수 있었는데!"

최악의 경우, 맞았다면 죽었을지도 모른다. 나는 그 자리에서 벗어나려고 했다.

"거기 서!"

선생님이 불러 세웠다.

"거기 6학년들도 전부 교무실로 와!"

선생님은 내가 걱정스러워 따라왔던 것이다. 그리고 마침 6학년들이 나를 겨냥해 4층에서 양동이를 떨어뜨리는 순간을 목격한 것이다.

모두 교장실에 불려갔다. 선생님이 교장 선생님에게 조각칼 사건을 포함한 자초지종을 설명하고, 교장 선생님의 설교가 시작됐다. 교장 선생님은 6학년들에게 언성을 높였다.

"너희들! 절대로 해서는 안 될 일을 한 거 알아!"

그러자 쓰쓰미가 교장 선생님에게 말했다.

"하지만 이 녀석 조센진이라고요! 엄마가 조센진은 적이니까 벌을 주지 않으면 안 된다고 했고, 우리가 당하기 전에 손보지 않으면 안 돼요!"

귀를 막고 싶어지는 말다툼이 이어졌다.

쓰쓰미뿐만 아니라 반 아이들도 비슷한 이유를 말했었다. "우리 반에 조선 사람이 있어"라고 부모에게 말하면 일부가 "조센진이랑 말하지 마" "조센진이랑 놀지 마" "조센진이랑 가까이 하지 마"라고 하거나, 개중에는 "병이 옮으니까 가까이 가지 마" "조센진은 일본인의 적이니까 손봐 줘"라고 한 과격한 부모도 있었다는 것이다.

그때 초등학교 1학년 운동회에서 "이런 데서 지면, 우리는 앞으로 일본에서 살아갈 수 없다야!"라고 한 할머니의 말이 떠올랐다. 이때 처음으로 깨달았다. '나는 주변 사람과 같은 인간이 아니구나'라고.

'더 이상 괴로워지고 싶지 않다. 할 만큼 했다. 죽자……'

그렇게 생각하던 때였다.

딸깍, 쾅!

학교에서 연락을 받고 엄마가 교장실에 나타났다.

"안녕하세요~!!!"

화려한 등장이었다. 엄마는 교장 선생님을 향해 걸어갔다. 교장 선생님의 책상에 살짝 몸을 내밀더니 교장 선생님을 쏘아보면서도 살짝 미소 지으며 말했다.

"무슨 일 있었나!?"

교장 선생님은 엄마의 기세에 압도당한 눈치였지만, 자초지종을 설명했다. 다 들은 엄마는 폭소하면서 말했다.

"핫핫하. 그거참 신나는 얘기네!"

엄마와 교장 선생님이 주고받는 대화가 조금 재미있어서 나는 웃음을 참으며 그 광경을 지켜봤다. '어머니는 쓰쓰미 무리한테 뭐라고 말할까?' 하고 지켜보고 있는데, 엄마가 교장 선생님에게 말했다.

"그런데 와 다른 애를 괴롭히면 안 되노?"

나를 포함해 쓰쓰미 무리와 교장 선생님이 놀란 표정을 지었다. 엄마는 이어서 말했다.

"당신, 정말로 학교 폭력이 없어질 거라고 생각하는 거가?"

교장 선생님은 성난 기색으로 말했다.

"아니, 학부모님의 아이가 학교 폭력을 당하고 있어요! 원래 학교 폭력은 형편없는 행위로……."

교장 선생님이 이야기하고 있는데, 엄마가 말을 끊었다.

"닥치라! 애들한테 저렇게 재미난 일인데, 없어질 리가 있겠나!"

엄마의 한마디에 교장실에 있던 전원이 얼어붙었다. 교장 선생님은 잠시 아무 말도 없이 있더니 화를 내면서 말했다.

"지금 뭐라고 하시는 겁니까! 문제 발언입니다!"

엄마는 눈 하나 깜짝하지 않고 받아쳤다.

"와 이 학교에서 학교 폭력이 안 없어지는지 내는 아는데, 가르쳐 줄까?"

나는 엄마가 뭐라고 말할지 쳐다봤다.

"그건 말이제, 이 학교에서는 애들한테 다른 애를 괴롭히는 것보다 재밌는 일이 없기 때문이다! 당신, 학교의 윗선이라믄 애들한테 다른 애를 괴롭히는 것보다 더 재밌는 걸 가르치라 마! 자, 그라믄 내는 이제 그만 간다."

교장실을 나서기 전 엄마가 쓰쓰미 무리에게 말했다.

"멋진 꿈을 가진 아이는 말이제 다른 애를 괴롭히는 짓 따위 하지 않는다. 너거들이 하는 짓은 마 약한 아이를 괴롭히는 기다. 강한 걸 자랑하고 싶거든 룰이 있는 세계에서 승부를 봐라!"

가슴에 박히는, 충격적이면서도 매력적인 말이었다.

그렇게 엄마는 자기 할 말만 하고 내 손을 잡고 교장실을 나왔다.

돌아가는 길. 엄마가 말했다.

"우리는 말이제, 조선인이고 게다가 한부모 가정이란 말이야. 니는 조선인이라는 게 마이너스라고 생각할지 모르겠지만, 오히려 플러스다. 주변에 핸디캡을 준다고 생각하면 되는 기다."

엄마는 덧붙였다.

"조선인이니 한부모 가정이니 해서 지금까지 엄청 수모를 당했지만, 내는 절대로 안 졌다. 그치만 니한테 엄마 이상의 일은 해줄 수 있어도 아빠 이상의 일은 해줄 수 없다. 그래서 니는 아빠가 없는 만큼 열심히 하지 않으면 안 된다. 그러니까 우리 같이 힘내자."

그날 밤, 교토의 사이인西院에 사는 외증조할머니댁에 갔다. 외증조할머니는 재일코리안으로는 드물게 평양이 고향이다.

외증조할머니는 접시에 막 깎은 사과를 들고 왔다. 사과를 포크로 찍어 들이밀었다.

"먹어."

한 입 베어 물자, 외증조할머니가 말했다.

"니, 학교에서 괴롭힘당하는 거 같던데."

갑자기 좀 부끄러웠다.

외증조할머니는 이어서 이런 말을 해줬다.

"어느 나라 사람인지는 아무 상관없다. 사람은 말이제, 괴롭힘을 당하고 싶지 않으면 다른 사람보다 노력해야 한다. 그러니까 언젠가 스스로 열심히 할 수 있는 게 생기면 그걸 열심히 해서 1등을 하면 된다. 1등이 되면 말이제, 괴롭힘을 당하기는커녕 니를 지켜줄 사람이 많이 모일 끼다. 그러니까 그런 인생을 살아가도록 해라."

그때는 아직 잘 몰랐지만, 외증조할머니의 말은 내 인생에 큰 영향을 끼쳤다.

사나다 씨의 생일 선물

교장실에서의 일이 있은 뒤 평온한 나날이 이어졌지만, 역시 괴롭힘은 그렇게 간단히 없어지는 게 아니었다.

며칠 후, 하마구치가 학교가 끝난 뒤 미나미공원으로 오라고 했다. 학교 근처의 아파트 단지 한가운데쯤에 있는 공원이다. 쓰쓰미 무리의 아지트로 알려져 조용히 놀고 싶은 아이들은 가급적 이 공원에 가지 않았다. 그래서 이 공원으로 불려 간다는 건 '처형'을 의미했다.

공포가 되살아났다. 도망쳐도 결국 곤욕을 치르니 시키는 대로 할 수밖에 없다. 두려운 마음을 조금이라도 진정시켜보려고 마음 한구석에 '교장실에서의 일로 사이좋게 지내자고 할지도 몰라'라는 막연한 기대를 갖고 향했다.

미나미공원에 도착하니 원뿔형 미끄럼틀 위에 쓰쓰미를 비롯한 6학년 여럿이 기다리고 있었다. 6학년들의 분위기에서 사이좋게 지낼 생각이 없다는 걸 확신하고 체념했다.

미끄럼틀 앞까지 가자 쓰쓰미가 무서운 기세로 뛰어내려와 그 기세 그대로 얼굴을 때렸다. 순간 정신을 잃었는지 눈을 떠 보니 몰매를 맞고 있었다. 필사적으로 웅크리며 견뎠지만 차츰 이대로 죽을지도 모르겠다는 생각이 들었다. 그 정도로 공포스러운 시간이었다.

그때 근처 단지에 사는 한 남자가 나타나 나를 구해주었다. 구해줬다고 하면 '정의의 히어로 등장!' 같은 멋진 장면을 상상할지도 모르겠지만, 실제로는 멀리 떨어진 곳에서 "니네들! 그만두지 몬하나!"라고 소리 치고 있었다. 쓰쓰미 무리는 "오! 그 아저씨다!"라며 그 남자 쪽으로 향했는데, 여기서도 어른의 완력을 사용해 혼내주는 게 아니라 "야! 그만해라! 그만하라니까!"라고 보는 이쪽이 무안해질 정도의 소심한 모습을 보이는, 초등학생도 물리치지 못하는 겁쟁이였다.

그런 좌충우돌을 거쳐 쓰쓰미 무리는 사라졌다. 전투 내용이야 어떻든 결과적으로는 나를 구해준 셈이다. 이 남자는 사나다 씨(가명)라고 하는데, 자기 마음대로 아이들의 대장이 되어 있는 '재미난 아저씨'이지만, 보호자들은 꽤 위험하게 여기는 '수상쩍은 아저씨'였다. 사나다 씨는 28살로 쓰쓰미 무리의 태도에서 짐작 가능하듯 일부 아이들에게는 조롱당하고 있었다.

3학년인가 4학년 때의 어느 날, 종례에서 담임 선생님이 사나다 씨에게 가까이 가지 말라고 당부한 날이 있었다. 진짜 무슨 사고가 있었는지, 보호자들이 학교에 주의를 주라고 요청했는지는 모르겠지만 그날 이후로 사나다 씨에게 가까이 가는 아이는 거의 없어졌다고 기억하고 있다.

나는 사나다 씨라는 존재를 학교에 도는 소문으로만 알았고, 실제로 본 적은 없어서 도시전설이나 미확인 생명체 정도로 생각하고 있었다. 그런데 실제로 만나니 내심 '이 사람이 소문의 그 아저씨구나!'라는 마음에 반가우면서도 동시에 정체 모를 두려움도 있었다.

사나다 씨의 도움을 받아 그가 사는 아파트 근처의 넓은 데로 갔다. 사나다 씨는 "이름이 뭐꼬?" "그렇군. 마사유키니까 마사라고 하면 되것제!" "마사 니 괴롭힘당하고 있제. 골 아프겠네"라고 다정하게 말을 걸어주었다. 사나다 씨는 말할 때는 일반적인 상식과 달리 얼굴을 바싹 들이대고, 말투도 약간 거칠어서 이런 면이 보호자들로부터 쓸데없이 위험하게 보이는 이유의 하나일 거란 생각이 들었다.

이야기를 하다가 사나다 씨가 물었다.

"마사 니는 뭔가 다른 사람에게 지지 않는 특기 같은 거 없나?"

보통은 집에 돌아가 만화를 보거나 라쿠고를 듣거나 성룡의 영화를 보는 정도밖에 하지 않았던 나는 '내 특기는 뭘까?'란 생각이 들었다.

머뭇거리는 나한테 사나다 씨는 "잠깐 있어 봐라"라고 하더니 잠시 후 집에서 뭔가를 안고 왔다. 오른손에는《월간 코로코로 코믹月刊コロコロコミック》, 왼손에는 소형 모터를 탑재하고 AA 건전지를 동력원으로 주행하는 미니카를 들고 있었다.

《월간 코로코로 코믹》(이하《코로코로》)은 앞부분에 장난감과 게임 정보가, 뒷부분에 만화가 실려 있는 초등학생을 대상으로 한 만화 잡지다. 인기 만화와 콜라보한 장난감과 게임이 부록으로 나오면 때때로 엄청난 붐이 일기도 했다. 당시 나는 보지는 않았지만 《코로코로》의 존재는 알고 있었고, 우리 학교는 물론 전국 대부분의 남자 초등학생이 《코로코로》의 애독자였다.

1990년대에 《코로코로》의 영향력은 정말 엄청났다. 1994년에 '풀 카울full cowl'이라는 미니카 시리즈가 발매됐을 때는 미니카를 소재로 한 만화 〈폭주 형제 렛츠&고!!〉의 대히트를 계기로 사회현상이 될 정도로 엄청난 붐이 일어났다. 우리 반 남자아이 대부분이 풀 카울 미니카를 한 대씩 갖고 있을 정도였다. 그런 만큼 최신 정보를 얻을 수 있는 《코로코로》는 당시 초등학생 사이에서는 단순한 만화 잡지가 아닌 정보와 지식이 실려 있는 교과서 같은 존재였다.

사나다 씨는 환하게 웃는 얼굴로 "할 게 없으면 같이 미니카로 놀자!"라고 큰 목소리로 말했다. 사나다 씨는 미니카 오타쿠 아저씨로 유명했다. 이즈음부터 학교가 끝난 뒤에는 사나다 씨와 놀기 시작했다. 하지만 나는 미니카보다 만화가 목적이었다. 미니카를 전용 코스에서 주행시키고 있는 사나다 씨 곁에서 그가 초등학생일 때부터 사 모은 《코로코로》에서 〈도라에몽〉 등을 읽는 게 일과였다.

그러던 어느 날 언제나처럼 사나다 씨를 만나러 갔는데, 자신만만한 미소를 띤 사나다 씨가 "생일 축하한다!"라고 하더니 선물 포장이 된 상자를 들이밀었다. 풀어 보니 미니카가 들어 있었다. 그즈음 만화에 나오는 '빅토리 매그넘'과 '뱅가드 소닉'이 동시 발매되었는데, 사나다 씨가 그 두 기종을 생일 선물로 사준 것이다.

"고맙습니다! 집에 가서 만들게요!"라고 하자 사나다 씨는 "안 돼! 지금 만들어라!"라고 세게 말했다. "엥, 지금이요?"라고 하자 "지금! 지금 만들어라!"라고 한층 더 세게 말하더니 집에서 작은 테이블을 가져왔다. 속으로 좀 무섭다고 생각하면서도 거스르지 못하고 순순히 사나다 씨의 말을 따랐다.

난생처음 설명서를 읽으면서 미니카를 만들었다. 사나다 씨는 아무 말 없이 열심히 만들고 있는 나를 지켜보고 있었다. 가까스로 한 대를 다 만들자, 사나다 씨는 남은 한 대도 만들라고 했다. '뭐꼬?! 귀찮구로……'라고 생각하며 다시 미니카를 만들기 시작했다. 잠시 후 사나다 씨가 입을 열었다.

"설명서대로 똑같이 만들어도 똑같은 속도의 미니카는

절대로 못 만든다."

그 말에 귀를 기울였다.

"인간도 마찬가지다. 완전히 똑같은 방법으로 키워도 절대로 똑같은 인간으로 안 자란다."

손이 멈췄다.

"마사 니 지금 여러 가지로 힘들제. 하지만 말이야, 인생을 지금만 보면 힘든 때일지 몰라도 길게 보면 행복하다고 생각될 때가 분명히 올 끼다. 그라이까네 죽는다거나 그런 건 절대 생각하지 마라!"

사나다 씨가 나한테 이 말을 하려고 미니카 두 대를 산 건지, 그 순간에 생각한 것을 그대로 전한 건지는 모르겠다. 하지만 정말 그렇게 생각해서 말한 것 정도는 전해졌다. 사나다 씨의 말은 내 마음에 깊숙이 박혔다. 자연스레 이 말을 믿고 '그래. 살자'라고 생각했다. 그리고 미니카라는 걸 좀 더 알고 싶어졌다.

미니카와 궁리

미니카는 주행시키는 것만으로도 충분히 즐길 수 있지

만, 그 묘미는 뭐니 뭐니 해도 개조에 있다. 그레이드 업 부품이라고 불리는 별도 판매 아이템을 장착하거나, 바디나 섀시(chassis, 차대)를 가공해서 경량화할 수 있다. 너무 빠르면 코스 아웃하는 경우도 있는가 하면, 부품을 장착해서 느려지는 것도 있다. 그게 정말 흥미롭고 재미있었다.

하지만 엄마한테는 미니카를 갖고 노는 것 자체를 비밀로 했던 것도 있고, 고가의 부품을 사달라고 조를 용기 따위는 없어서 언제나 사나다 씨가 준 걸로 세팅했다. 그래서 단순히 빠른 미니카는 만들 수 있어도, 코스 아웃하지 않고 골까지 도달하는 빠른 미니카를 만드는 건 무척 어려워 그게 정말 답답했다.

그러던 어느 날이었다. 텔레비전에서 고열로 유리를 변형시키는 방송을 봤다. 미니카는 플라스틱으로 만들어져 있다. 미니카에는 코너를 부드럽게 돌기 위한 롤러가 있는데, 이 롤러의 각도를 아주 조금만 밑으로 낮출 수 있다면 마찰력으로 튀어오르지 않고 코스 주행을 끝낼 수 있지 않을까 생각했다.

다음 날, 평소처럼 사나다 씨가 있는 곳으로 갔다. 사나다 씨는 언제나 오후 4시쯤 와서 코스를 조립한다. 하지만 그날은 내가 먼저 도착했기 때문에 집에서 몰래 들고 온 엄마의 라이터로 곧바로 롤러 근처를 달궜다. 생각한 대로 플라스틱은 약간 부드러워졌고 각도를 낮추는 데 성공했다.

그런데 뒤에서 나를 부르는 사나다 씨의 큰 목소리가 들렸다. 집중하고 있던 탓인지 사나다 씨가 뒤에서 보고 있는 기척을 전혀 느끼지 못해서 깜짝 놀랐다. 불을 쓴 것 때문에 꾸짖을 거라고 생각했다. 그러나 사나다 씨는 "그거 직이네!"라고 눈을 반짝이며 말했다.

'어? 칭찬인가?'

어리둥절한 나에게 사나다 씨는 이런 말을 해주었다.

"보통 돈과 부품에 의지하려고 하는데, 마사 니는 스스로 생각하고 고안해 보려고 했네! 진짜 잘했다! 그런 마음은 정말 중요한 거니까 언제까지나 그 마음만은 잊지 마라! 하지만 불은 위험하니까 어른이랑 있을 때 쓰고!"

돌이켜보면, 가족 이외의 사람에게 칭찬받은 건 이게 처음이었던 거 같다. 일반적으로 아이가 혼자서 불을 다루는 시점에서 덮어놓고 야단치며 불을 쓰지 못하게 하고 끝나지만, 사나다 씨는 내 의도를 끝까지 지켜봐 주었다. 그게 기뻤다.

사나다 씨하고는 한동안 이런 식의 교감이 계속됐지만, 내가 다른 것에 열중하면서 점점 소원해지고 말았다. 하지만 궁리하는 것의 중요함을 가르쳐준 사나다 씨의 말이 없었다면, 탐구심이나 향상심 없이 살았을지도 모른다. 설령 그렇다 하더라도 진지하게 놀았기 때문에 매우 큰 '배움'이었다. 사나다 씨는 나의 방과 후 놀이 '선생님'이었다.

저글링과의
만남

학교생활을 바꾼 《코로코로》

2년 만의 반 편성. 5학년이 되었다. 6학년은 졸업했고, 반도 달라졌다는 큰 환경 변화가 있어서일까? 완전히 없어진 건 아니지만 3, 4학년 때 같은 무시나 괴롭힘을 당하지는 않았다. 반 아이들과 적당히 말하고, 점심시간이나 방과 후에도 적당히 놀았다. 또 담임 선생님이 금방 화를 내는 무서운 신임 선생님이라 반 아이들은 얌전하게 굴었다. 무시와 괴롭힘이 줄어든 원인의 하나일지도 모른다. 선생님의 심기를 거스르지 않으려는, 보이지 않는 연대의식이 생긴 것처럼 느껴지기도 했다

조금 다른 이야기지만, 당시 사회현상이 될 정도로 게임 하나가 대유행이었다. 지금은 전 세계적으로 대인기인 포켓몬스터. 줄여서 포켓몬이다. 나는 사나다 씨와 만난 걸 계기로 초등학교 4학년 가을 무렵부터 매달 《코로코로》를 사서 읽었는데, 포켓몬을 알게 된 것은 물론 포켓몬 붐을 뒷받침한 것도 《코로코로》였다.

내가 초등학교에 입학하고 중학교를 졸업할 때까지의 9년 동안 엄마는 교토의 기온에서 클럽을 경영하고 있어서 얼굴을 마주할 시간이 거의 없었다는 건 앞에서도 말했지

만, 갖고 싶은 것(거의 만화책이었다)과 가격을 쪽지로 남겨 놓으면 책상에 그걸 살 수 있는 돈을 두었다. 아마 엄마로서 아들과 거의 시간을 보내지 못하는 죄책감에서 이렇게라도 해야겠다는 마음에 그랬을 것이다.

1학기 마지막 날이었을 것이다. 여름방학에 '게임보이 포켓'이 발매된다는 정보를 《코로코로》에서 알게 됐다.

'진짜 갖고 싶은데…….'

하지만 역시 게임기 본체와 게임 소프트라 만화책과 비교하면 압도적으로 비쌌다. 이번만큼은 쪽지가 아니라 엄마가 출근하기 전에 직접 조르지 않으면 안 될 거 같아 그날 학교가 끝나자마자 전력 질주로 집으로 왔다. 다행히도 엄마는 아직 출근 준비를 하고 있었다.

"엄마, 갖고 싶은 거 있는데……."

"뭔데? 또 만화가?"

"아니, 게임기다. 게임보이……."

"별일이네. 게임기가 갖고 싶다꼬? 비싸겠네. 얼마 정도 하노?"

"본체가 6,800엔이고 소프트웨어가 3,900엔인데……."

"비싸네. 생각해 볼게."

간사이 지역 사람의 "생각해 볼게"는 대개 안 된다는

경우가 많지만, 엄마는 그렇게 말하고 출근했다.

여름방학이 시작되고 며칠이 지나 게임보이 포켓 발매 전날 밤.

'내일 나오네. 역시 비싸서 안 사주겠지…….'

발매일은 일요일이었다. 나는 거실에서 대여점에서 빌려온 〈성룡의 홍번구〉를 보고 있었다. 아이가 여름방학이어도 어른은 그다지 상관없는 일이고, 특히 가게를 하고 있던 엄마는 남들이 다 쉬는 휴일에도 바빴고 낮과 밤이 바뀐 생활을 하고 있었기 때문에 아침부터 저녁까지 잤다. 그런데 그날은 이상하게도 아침부터 집에 없었다.

점심때가 지나 돌아온 엄마가 히쭉히쭉 웃으며 말했다.

"자, 이거 열어 봐라."

'설마…….'

예쁘게 포장된 종이를 벗겼다. 게임보이 포켓이었다. 이루 말할 수 없이 기뻤다. 하지만 소프트웨어가 없으면 게임을 할 수 없다.

"엄마……. 카세트가 없으면 게임이 안 되는데……."

엄마는 또 히쭉히쭉 웃으며 말했다.

"자! 이거!"

마패처럼 포켓몬의 소프트웨어를 내밀었다. 게다가 빨

간색과 녹색 두 가지였다(초대 포켓몬은 빨간 버전과 초록 버전이 있다).

"어…… 두 개나?!"

"어느 색이 좋은지 모르겠꼬, 가게에서 손님한테 포켓몬 이야기는 자주 들었다. 색에 따라 나오는 요괴가 다르제?"

요괴라는 말이 걸렸지만, 어쨌든 이루 말할 수 없이 기뻤다. 게다가 통신 케이블까지 사줬다. 포켓몬은 두 대의 게임보이를 연결해 겨루거나 교환하거나, 통신이라는 수단으로 특정 포켓몬을 진화시킬 수 있다.

"이걸로 친구들이랑 같이 놀 수 있는 거제?"

게임보이에 소프트웨어를 넣고 스위치를 켰다. 오프닝 음악을 들었을 때의 감동과 흥분은 지금도 잊을 수 없다.

포켓몬 덕분에 학교생활이 크게 변했다. 반 친구와 포켓몬 이야기에 열을 올리고 학교가 끝난 후에는 통신 케이블로 연결해 겨뤘다. 통신 케이블을 갖고 있다는 건, 당시 아이들의 세계에서는 선망의 존재로 상당한 대접을 받았다. 따라서 여러 사람과 포켓몬 교류를 할 수 있었다. 포켓몬을 계기로 같은 반, 같은 학년, 선후배와 즐거운 시간을 보낼 수 있었다. 아무래도 사람은 공통점이 있는 것만으로도 가까운 존재가 될 수 있는 것 같다.

그리고 《코로코로》는 그 후 내 인생을 크게 바꾼다.

하이퍼 요요에 빠져

내가 저글러의 길로 들어서는 계기가 된 '하이퍼 요요'를 처음 본 것도 《코로코로》다.

1997년 4월 4일, 벨파 우지라는 쇼핑센터의 2주년 사은 행사에 할아버지 할머니랑 갔는데, 그 쇼핑센터 안에 있는 장난감 가게 토이저러스에서 경품 추첨 행사가 있었다. 1등과 2등 경품으로 대인기의 '닌텐도64'와 '다마고치'가 늘어선 가운데 마침 그날 발매된 하이퍼 요요도 경품으로 있었다. 그리고 내가 운 좋게도 '하이퍼 요요 임페리얼'이란 기종에 당첨되었다. 기분이 좋아서 《코로코로》 최신호가 나올 때마다 그 안에 수록된 요요 기술을 연습해보기로 했다.

당시에는 집에 돌아오면 먼저 성룡의 영화를 보고 〈근육맨〉과 〈드래곤볼〉 등의 만화를 읽은 뒤에 아직 잡지 못한 포켓몬(새로 파란색 버전의 소프트웨어가 출시됐었다)을 찾다가 자기 전에 라쿠고나 만담(당시엔 라쿠고가落語家나 만담가가 되고 싶다고 생각했다)을 들으면서 요요 연습을 하며 보냈다. 어지간히 초등학생답지 않았단 생각이 든다.

　일과 중에 요요를 하는 시간은 적었지만, 단숨에 큰 비중을 차지하는 일이 생겼다. 요요에 큰 혁신이 일어난 것이다. 《코로코로》를 보다가 '하이퍼 브레인'이라는 기종의 요요가 새로 출시된다는 것을 알았다. 내가 갖고 있던 임페리얼은 680엔. 그에 비해 브레인은 2,200엔이었다.

　'엇! 그냥 요요인데?!'

　너무 큰 가격 차에 놀라 임페리얼과 뭐가 다른지 열심히 기사를 읽었다. 임페리얼이 고정축인 것과 달리 브레인은 축에 나일론 베어링이 탑재되어 있었다. 이 베어링에 의해 요요의 공전 시간이 비약적으로 늘어났다. 게다가 몸체 내부에 원심 클러치라는 특징적인 장치가 탑재되어 있어서 공중으로 던진 요요의 회전이 약해지면 자동으로 손안에 돌아오는 혁명적인 기종이었다. 성능은 물론이거니와 무엇보다도 디자인이 멋졌다.

　'엄청 갖고 싶어⋯⋯.'

　마침 엄마가 출근하기 전이라 사달라고 졸랐다.

　"엄마, 요요 갖고 싶다."

　"요요라니 그 요요?"

"응. 지금 갖고 있는 요요보다 회전시간이 길어서 여러 기술에 도전할 수 있단다."

조른다는 건, 아이의 세계에서는 부모에게 하는 프레젠테이션이다. 그래서 갖고 싶은 이유가 "다 갖고 있으니까"나 "디자인이 멋지니까" 같은 그저 자신의 욕구를 채울 수 있는 것을 시사하기보다는 샀을 때 어떤 이점을 얻을 수 있는지 호소하는 게 좋다.

"맞나? 그래서 얼만데? 1,000엔 정도가?"

"2,200엔."

엄마는 눈을 동그랗게 떴다.

"뭐?! 요요가 2,200엔? 가격표 제대로 본 거 맞나?!"

《코로코로》를 보여줬다.

"이거 0 하나 더 붙은 거 아니가?! 요요잖아?! 엄마야, 뭐 그리 비싸노!"

이러니저러니 하다가 엄마가 하이퍼 브레인을 사줬다. 그리고 브레인 출시 직후 공전의 하이퍼 요요 붐이 일었다. 전국의 초중고생 사이에서 하이퍼 요요는 폭발적으로 유행해 곳곳의 공원과 광장에서 모두 요요를 연습했다. 학교에 가져오는 아이도 있어서 조회 때 교장 선생님이 학교에 요요를 가져오면 안 된다고 주의를 줄 정도였다.

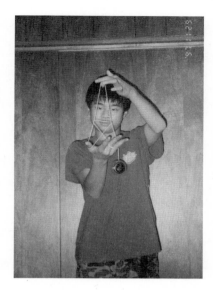

요요 기술 '도쿄타워'를 하는 저자(1997년)

나는 한발 앞서 요요를 만난 덕분에 주위 아이들보다 잘했지만, 라이벌이 단숨에 늘어나서 뒤늦게 시작한 사람에게 지고 싶지 않다는 마음 하나로 매일 연습에 매진했다. 정신을 차리고 보니 하루에 할 일의 우선순위 1위가 요요 연습이 되어 있었다.

그 후에도 엄마는 '파이어볼' '스텔스 파이어'와 신형 모델이 나올 때마다 사줬다. 마지막으로 최상급 기종이 나왔으니 양손으로 할 수 있게 '하이퍼 레이더' 2개가 갖고 싶다고 하자 하나에 5,000엔인 하이퍼 레이더 2개를 사줬다.

당시 요요 붐이 한창일 때라 곳곳에서 하이퍼 요요 대회나 이벤트가 빈번하게 열려서 적극적으로 참가했다. 교토에서는 출전한 모든 대회에서 우승할 정도의 실력이라 학교에서는 영웅이 되어 있었다. 그즈음부터는 나를 무시했던 반 아이도 기술의 요령을 가르쳐 달라고 하는 등 말을 걸며 친구로 대하기 시작했다.

중학생이 된 뒤에는 다녔던 초등학교에서 연락이 와 입학식에서 요요를 선보이기도 했다. 모두 즐거워해서 기분이 무척 좋았다. 이 고양된 기분이 퍼포머로의 길로 이어진다는 것을 당시의 나는 아직 몰랐다.

첫 무대

중학생이 됐어도 하이퍼 요요에 대한 열기는 전혀 식지 않고 오히려 더 뜨거워졌다. 나는 동아리 활동을 하지 않는 이른바 귀가파였기 때문에 학교가 끝나면 서둘러 집으로 가서 그저 요요 연습을 했다.

여름방학에 접어들자 장난감 회사 반다이가 주최하는 전국 순회 하이퍼 요요 이벤트 '챔프 카라반'이 시작됐다. 나는 간사이권에서 열린 몇 개의 챔프 카라반에 참여했고, 거기서 요요 친구도 많이 생겼다.

요요 붐이 살짝 꺾이기 시작한 개학 무렵에는 "걔 아직도 요요해?"라는 느낌으로 반 아이들과 상당한 온도 차가 생기고 말았다. 당시 그런 경험을 한 스피너(Spinner, 요요를 하는 사람)가 적지 않았던 것 같다. 그러던 중 중학교 1학년 때 처음으로 학교 축제에 참여했다. 관심 있는 학생이 무대에 올라 장기를 선보이는 '메이킹 오브 스테이지'라는 기획이 있었는데, 여기에 출연하기로 했다.

축제 당일. 첫 시도라 그랬는지 참가자는 나를 포함해 겨우 다섯 개 조. 게다가 나를 제외하고 모두 3학년으로, 준비한 무대는 밴드를 중심으로 한 음악이었다. 출연자 중에서 유일한 1학년이었던 나는 최고조로 긴장했다. 게다가 무슨 일인지 내 순서는 맨 마지막이었다. 엄청난 부담을 느꼈지만 분위기를 띄울 자신은 있었다. 세상은 아직 요요 붐 속에 있었고, 어쨌든 전교생 대부분이 한 번쯤 하이퍼 요요를 보거나 해봐서 기술의 난이도를 알고 있었기 때문이다.

내 순서가 되고 음악이 깔렸다. 요요의 기본 기술부터

최고 난이도인 기술까지 온갖 기술을 계속 선보였다. 기대 이상의 열기에 단 한 번의 실수 없이 무대를 끝낼 수 있었다. 최선을 다했다. 아쉬움은 전혀 없었다.

무대가 끝난 후, 동급생은 물론 많은 선배가 아는 척을 했다. 그중에는 3학년인 쓰쓰미도 있었다. 쓰쓰미는 내 쪽으로 오자마자 "제법이네"라고 한마디하고 사라졌다. 무서웠지만, 왠지 과거의 트라우마에서 해방됐다는 기분이 들었다. 나중에 알았지만 쓰쓰미는 엄마한테 "룰이 있는 세계에서 승부를 봐라!"라는 말을 들은 걸 계기로, K-1이 인기였기 때문이었을까, 중학교에 입학한 후 극진 가라테를 배우기 시작한 듯하다.

그렇게 나는 학교 축제 무대에서의 성공을 바탕으로 계속해서 매일 요요 연습에 매진했다.

저글링과의 만남

봄방학의 어느 날. 점심 전에 요요 연습을 끝내고 집으로 갔다. 문을 열려고 하는데 마침 엄마가 나왔다. 외출하려는 것 같았다.

"뭐꼬, 왔나? 지금부터 일 때문에 효고에 갈 낀데, 니도 갈래? 간 김에 밥 먹으면 좋잖아."

그동안 이렇게 같이 가자고 한 건 몇 번인가 있었지만, 엄마를 따라가도 결국 할 게 없어서 심심해지는 게 싫어서 가지 않았었다. 하지만 이날은 문득 가끔은 괜찮지 않을까 란 생각이 들어 따라갔다.

효고현의 니시노미야에 도착했다. 엄마가 일 얘기를 하려고 약속한 장소인 찻집에 들어갔다.

"배고프제? 아무거나 시켜라."

주문한 핫케이크와 크림소다를 다 먹고 나니, 아니나 다를까 심심했다. 엄마는 일 얘기를 하고 있었다.

"언제 끝나노?"

"조금만 있으면 집에 갈 끼다."

이런 대화를 몇 번 반복했다.

"조금 더 있어야 할 거 같으니까 밖에 나갔다 온나."

그렇게 니시노미야 산책을 하러 나갔다. 한참을 걷다 가 장난감 가게 같은 곳을 발견했다. 자세히 보니 아무래도 보통 가게 같지는 않았다.

'아! 피에로가 던지는 봉이다!'

그 가게는 저글링 숍이었다. 그때만 해도 '저글링'이라는 말조차 몰랐다. 그 봉은 '클럽'(곤봉)이라는 저글링 도구의 하나로 볼링핀처럼 생겼다. 〈극장판 도라에몽 진구와 양철 인형〉에서 피에로가 짐으로 저글링을 하는 장면이 있어서 왠지 피에로라는 이미지가 있었다.

재밌어 보여서 가게 안으로 들어갔다. 볼과 클럽 등 저글링 도구가 즐비했다. 도구와는 별도로 가게 안에 저글링 영상이 틀어져 있었다. 저글링 세계 챔피언 앤서니 가토의 영상이었다. 앤서니 가토는 볼 7개, 링 7장, 클럽 7개를 저글링하고 있었다. 그중에서도 인상 깊었던 것은 5개의 클럽을 등 뒤에서 던지고 받는 걸 계속하는 '백크로스'라는 고난도 기술이었다.

충격과 감동. 그의 공연을 보고 벅차올랐다.

'멋있다. 나도 무대에 서서 사람들 앞에서 공연하는 사람이 되고 싶어.'

그렇게 생각한 순간이었다.

"저글링은 해본 적 있니?"

가게 주인인 미국인 데이브 씨가 말을 걸었다. 없다고 하자 "자, 공으로 하는 저글링을 가르쳐줄게"라며 볼 저글링의 기본 기술인 3개의 볼을 사용한 캐스케이드를 가르쳐주었다. 생각보다 어려웠지만, 데이브 씨의 조언대로 10분 정도 연습하자 그럭저럭 캐스케이드가 5캐치 정도 되었다. 다시 10분 정도 연습을 계속하자 10캐치에서 20캐치까지는 하게 되었다.

처음으로 캐스케이드에 성공했다는 감동과 동시에 외증조할머니의 "언젠가 스스로 열심히 할 수 있는 게 생기면 그걸 열심히 해서 1등을 하면 된다"라는 말이 떠올랐다.

'이 저글링 세계라면 열심히 할 수 있을 것 같아!'

직감이었다. 서둘러 엄마가 있는 찻집으로 돌아갔다.

"엄마! 저글링하고 싶다!"

"그게 뭔데?"

다시 조르기라는 프레젠테이션이다.

"그렇게 하고 싶으면 사줄게."

저글링에 대한 열의가 전해진 걸까? 엄마는 흔쾌히 허락했다. 프레젠테이션 성공이다. 어쩌면 나를 지루하게 내버려 뒀다는 미안한 마음에서 그랬는지도 모른다. 아무튼 엄마가 준 1만 엔을 꽉 쥐고 서둘러 저글링 숍으로 돌아갔다. 데이브 씨가 캐스케이드를 가르쳐주었던 볼이 아닌, 궁금했던 '디아블로'를 샀다.

디아블로는 본체가 두 개의 밥그릇 바닥을 서로 붙인 것 같은 형태로, 두 개의 스틱 끝에 묶인 끈 위에서 회전시키는 기술을 반복하는 저글링 도구의 하나다. '중국 요요'라고도 한다.

나는 디아블로에 푹 빠져서 휴일에는 10시간, 평일에는 7~8시간은 연습했다. 저글링을 만나기 전까지는 초등학교 때 당했던 학교 폭력 때문에 어두운 성격이었지만, 저글링을 시작하면서 조금씩 본래의 명랑한 성격으로 돌아가고 있었다.

이유는 내 나름대로 알고 있다. 처음 저글링을 시작했을 땐 '1등이 되고 싶어' '멋있어 보이고 싶어' 같은 게 동기였지만, 얼마 지나지 않아 그 이상으로 본질적인 것을 깨달았기 때문이다. 단순하지만, 반복연습을 하면 못했던 걸 머지않아 할 수 있었던 것이다.

저글링뿐 아니라 스포츠 등을 하고 있는 사람이라면 특히 공감할지도 모르겠는데, 최선을 다해 연습해서 기술을 습득함에 따라 미완성이었던 기술을 완성하는 기쁨은 물론이거니와, 무엇보다 자기 자신이 성장하고 있다는 것을 실감해 즐거웠다.

두 번째 성공은, 첫 번째 성공에 비하면 감동은 덜할지도 모른다. 그러나 저글링은 볼의 수를 늘리거나 던지는 횟수나 시간을 갱신하거나, 항상 새로운 기술에 도전하고 성공할 때마다 그 기쁨과 감동을 반복해서 얻는 게 가능하다. 내가 진심으로 열심히 할 수 있는 것을 처음 만난 순간이었다. 그렇게 연습의 나날이 계속되는 가운데, 어느 날 운명적인 만남이 있었다.

중학교에 입학한 이래 거의 매주 주말마다 '반반'이라는 장난감 가게에 갔다. 방방의 주인인 가게야마(가명) 씨는 꼬마·뚱보·대머리의 3요소를 갖춘 40대 중반 남성으로 어린이와 장난감을 더없이 사랑했다.

꼬마에 뚱보에 대머리인 것을 두고 "하늘은 나에게 세 가지 매력 포인트를 주었다"라고 긍정적으로 말하는 가게야마 씨는 커다란 미니 사륜구동 자동차 코스를 가게 입구 옆에 두고 공짜로 개방하거나 하이퍼 요요 연습 모임을 자원봉사로 개최하는 등 아무튼 어린이들이 기뻐하는 모습을 엄청 좋아하는 마음씨 착한 아저씨였다.

어느 주말, 요요 연습 모임에 디아블로를 갖고 갔다. 주차장에서 다이블로를 연습하고 있는데, 가게야마 씨가 가까이 와서 말했다.

"오카모토, 그거 디아블로 아니가?"

나는 가게야마 씨가 디아블로를 알고 있는 데 놀랐다. 가게야마 씨는 내 기술을 보고 말했다.

"근데 진짜 잘하네. 니는 요요도 잘하니까 어쩌면 장래에 세계에서 알아주는 엔터테이너가 될지도 모르겠네."

가게야마 씨의 칭찬이 쑥스러우면서도 무척 기뻤다. 가게야마 씨는 갑자기 뭔가 생각난 듯이 "아! 맞다! 잠깐 있어 봐라이!" 하고는 가게 안으로 들어갔다. 뭔가 필사적으로 찾는 것 같았는데, 아무래도 찾지 못했는지 잠시 후 차를 타고 어딘가로 가버렸다.

저녁 무렵, 연습이 끝나 집에 갈까 하던 때에 가게야마 씨가 가게로 돌아왔다.

"미안. 내 좀 늦었데이. 얼마 전에 미국인 친구가 알려 줬는데, 이거 니라면 관심 있지 않겠나?"

가게야마 씨는 영어로 된 꾸깃꾸깃한 종이를 건넸다. 1년 뒤인 2000년에 미국 샌프란시스코에서 열리는 퍼포먼스 콘테스트 홍보지였다.

"엇! 미국이잖아요! 저 같은 애는 안 될 거예요!"

"뭐, 혹시 관심이 있을까 해서."

가게야마 씨는 나를 위해 집의 쓰레기봉투를 뒤지면서까지 찾아서 가져온 것이다.

'관심은 있지만……. 미국인가…….'

그날 밤, 꾸깃꾸깃한 종이에서 눈을 떼지 못했다. 앤서니 가토의 영상을 본 이래, 언젠가 미국의 무대에 오를 수 있다면 좋겠다고 줄곧 생각하고 있었다. 어쩌면 이건 미국의 무대에 서는 좋은 기회일지도 모른다.

'내일 큰 기대는 하지 말고 어머니한테 말해봐야겠다. 하지만 역시 해외는 안 되겠지…….'

국적을 선택한다는 것

학교가 끝나고 집으로 왔다. 엄마는 아직 집에 있었다.

'찬스다.'

엄마는 부엌에서 설거지를 하고 있었다.

"엄마?"

"와? 또 뭐 갖고 싶은 거 있나?"

엄마는 내가 또 뭔가 졸라댈 거라는 걸 짐작하고 있는 것 같았다.

"아니, 갖고 싶은 게 있는 건 아닌데, 소원이 있다……."

"뭔데, 뭘 해줬으면 하는데?"

"미국 가고 싶다. 미국 보내줄 수 있나……."

"미국? 외국의 미국?"

"응······. 그 미국."

잠시 생각하더니 엄마가 말했다.

"그래."

예상외의 반응에 귀를 의심했다. 엄마는 수도꼭지를 잠그고, 심호흡을 하고, 나와 눈을 맞췄다.

엄마의 눈빛은 평소보다 강렬했다.

"니 요즘 그거 진짜 열심히 하네. 앞으로 그 길로 나갈 끼가?"

진지한 질문에 진지하게 답했다.

"응! 프로 퍼포머가 될 거다!"

엄마의 얼굴은 점점 진지해졌다.

"니 꿈 말야, 일본에서는 아무리 해도 안 되는 거가?"

나는 속마음 그대로 엄마에게 말했다.

"아니, 엄마. 일본의 저글링은 세계랑 비교하면 석기시대다. 진짜 저글링을 내 눈으로 보고, 진짜 저글링을 일본에 알리고 싶다!"

잠시 후, 엄마는 입을 열었다.

"니 진심은 알겠다. 중요한 얘기가 있으니까 거 앉아라.

이렇게 테이블을 사이에 두고 앉는 것 자체가 몇 년 만일까. 눈을 맞추자, 엄마의 눈가에 눈물이 그렁그렁했다.

'엇, 어머니 왜 그러지…….'

좀처럼 말을 꺼낼 수 없는지 잠시 침묵의 시간이 흘렀다. 엄마는 심호흡을 하고 말했다.

"우리들, 무슨 사람이고?"

이상한 걸 물어본다고 생각하면서 '조선인'이라고 대답했다. 그러자 엄마는 격하게 말했다.

"그런 건 알고 있지! 우리는 북한 사람이가, 한국 사람이가. 어느 쪽인데?"

조선인이라는 이유로 괴롭힘을 당했었기 때문에 초등학교 고학년 때는 도서관에 다니며 내 나름대로 역사를 공부했다. 그래서 엄마가 무슨 뜻으로 말하는 건지 금방 알아차렸지만, 나는 그런 걸 생각해 본 적이 없었다.

'그러고 보니 북과 남 어느 쪽 사람인지 생각해 본 적 없네. 하지만 할아버지랑 할머니는 한반도가 남북으로 분단되기 전에 일본에 왔으니까…….'

단순히 생각한 것을 그대로 말했다.

"음, 어느 쪽도 아닌 거 같은데?"

말이 끝나자마자 엄마의 눈에서 눈물이 흘러내렸다. 눈물을 닦지도 않고 엄마는 말했다.

"니, 그 나이에 잘 알고 있네. 우리 재일은 말이지, 조국이 남북으로 갈라져서 국적을 잃어버렸단 말이야."

세간에는 그다지 알려져 있지 않지만, 재일코리안은 스스로 국적을 취득하러 가지 않는 한 무국적 상태다. 재일코리안은 한반도가 일제의 식민 지배 아래에 있던 시대에 조선에서 일본으로 건너온 조선인과 그 자손이다. 식민 통치 시대에는 '일본인'이었지만, 1952년에 샌프란시스코 강화 조약이 발효되자 일본 국적을 빼앗겨 일률적으로 '조선적'이 되었다.

'조선'은 한반도가 남북으로 분단되기 이전의 지역 명칭으로, 남북 분단 이후 한반도의 북쪽은 조선민주주의인민공화국, 남쪽은 대한민국으로 국가 수립을 한다. 당시 일본에 있던 조선인은 사실상 무국적 상태가 되었다. 원래 의미와는 다르지만 무국적 지위에 더해 보호해주는 모국이 없는, 즉 난민에 가까운 상태가 된 것이다.

엄마는 본론으로 들어갔다.

"니 꿈을 이루려면 말이야, 여권이 필요하다. 지금 여기서 국적을 골라라."

'국적을 골라……?'

너무나 스케일이 큰 이야기에 머릿속이 혼란스러웠다.

"니 꿈, 미국에 가야 이룰 수 있는 거제? 미국은 자본주

의 국가. 일본도 자본주의 국가. 조국은 남쪽의 한국이 자본

주의 국가다. 가급적 한국 골라라."

엄마는 조언을 한 것일 테다.

나는 아무 생각 없이 건성으로 말했다.

"그럼 한국이 좋다. 이걸로 미국 갈 수 있는 거제? 별

거 아니네."

엄마는 덧붙였다.

"이 얘기, 할아버지랑 할머니랑도 꼭 해야 된데이."

엄마는 일이 있는 듯한데도 그 길로 같이 우토로로 향

했다. 반항기였는지, 나는 차를 타고 가는 동안 속으로는 '귀

찮아 죽겠네. 국적 따위 빨리 따서 미국 가야지' 하고 무척

짜증을 내고 있었다.

우토로에 도착했다. 그러고 보니 중학생이 된 후로 오

랜만에 할아버지와 할머니를 만난다는 걸 깨달았다. 할아버

지는 거실에서 텔레비전을 보고 있었다. 할머니는 외출 중

이라서 돌아오는 걸 기다리기로 했다. 엄마는 거실 한가운

데에서 허리를 꼿꼿이 세우고 무릎을 꿇은 채 조용히 할머

니가 돌아오는 걸 기다렸다. 나는 벽에 기대 버릇없이 앉아

있었다. 텔레비전에서 흘러나오는 야구 시합 중계 소리만

거실에 퍼지고 있었다. 무거운 분위기를 느꼈는지 할아버지

가 말했다.

"창행아, 이거 묵으면서 같이 야구 볼래? 지금 한창 재밌다."

접시에 담긴 사과를 보여주면서 말했지만, 나는 부루퉁한 표정으로 아무 말 없이 고개를 흔들었다.

"맞나. 뭐 마음이 바뀌면 언제든지 말해라."

다시 야구 시합 중계 소리만 울려 퍼졌다.

그러고 있는데, 할머니가 돌아왔다.

"뭐고, 왔나. 올 거면 미리 말하지. 창행이 오랜만이네. 한동안 못 본 사이에 마이 컸네. 뭐 좀 묵을래?"

오랜만에 만나 반가웠는지 할머니는 입이 함박만 하게 웃고 있었다. 그 다음 순간. 엄마는 할머니 쪽을 향해 크게 심호흡을 하고 말했다.

"평생의 소원입니다! 한국 국적을 따게 해주세요!"

엄마는 통곡하면서 엎드렸다. 나는 그 모습을 보며 생각했다.

'뭐꼬. 국적을 따는 것뿐인데 허풍이 심하네. 왜 이런 일로 무릎 꿇고 울고불고 하노.'

할머니는 아무 말 없이 부엌으로 갔다. 엄마는 자세를 흐트러트리지 않았다. 할아버지는 가만히 텔레비전을 봤다. 잠시 후, 할머니가 거실로 돌아왔다. 오른손에 막걸리가 든 작은 주전자를 들고 있었다. 뚜껑을 열고 주둥이에 입을 대고 막걸리를 마시기 시작했다. 한숨 돌리더니 엎드린 채 꼼짝하지 않는 엄마 앞에 섰다. 갑자기 할머니의 눈이 변했다.

"야!!!"

성난 고함과 동시에 들고 있던 주전자를 엄마를 향해 있는 힘껏 던졌다. 주전자는 엄마의 왼쪽 어깨 근처에 명중했고, 남아 있던 막걸리는 사방팔방으로 튀었다. 그래도 엄마는 꼼짝하지 않았다. 할아버지는 여전히 야구 시합을 보고 있었다.

할머니는 지금까지 본 적 없는 화난 모습으로 엄마에게 퍼부었다.

"니! 지금 내한테 무슨 말 하는지 알고 말하나!!!"

그러더니 엄마를 마구 때리고 걷어찼다. 너무 놀란 나는 그대로 얼어버린 채 무심결에 눈을 질끈 감고 계속 다른 쪽을 봤다.

'국적을 따는 것뿐인데, 와 이래 화를 내노…….'

엄마는 흠씬 두들겨 맞아 피가 나는데도 "평생의 소원입니다! 한국 국적을 따게 해주세요! 아들의 꿈입니다!"라고 반복해서 말했다.

잠시 후, 할머니는 조금 진정했다. 엄마는 축 늘어져 있었다.

할머니는 어깨로 크게 숨을 쉬며 천천히 나를 향해 걸어왔다.

'무섭다……. 무슨 말을 할라고…….'

나는 두들겨 맞는 것도 각오했다.

할머니가 내 앞에 앉았다.

"내 봐라."

덜덜 떨면서 고개를 들자 할머니와 눈이 마주쳤다. 할머니의 눈에는 당장이라도 흘러내릴 정도로 눈물이 글썽했다.

'할매……. 안 올라고 꾹 참고 있어…….'

할머니가 있는 힘껏 분노하며 말했다.

"니!!! 남쪽 국적을 딴다고 지껄이나!!!"

눈앞에서 사자가 포효하고 있는 것 같은, 초등학교 운동회 때 표출했던 것 이상의 분노였다.

그 순간 나는 이렇게 생각했다.

'알았다. 할매는 북한을 지지하는 기다. 그래서 한국 국적을 따는 게 싫은 기다.'

내 머릿속에 있는 건 결국 책으로 얻은 지식이다.

할머니는 당사자가 아니면 할 수 없는 말을 한다.

"니! 남북 분단을 인정하는 거가!"

이 한마디로 할머니가 무엇을 전하고 싶어 하는지 알았다.

"남북 분단. 이산가족. 한국전쟁. 니, 50년 전 미국과 소련이 우리나라에 무슨 짓을 했는지 아나? 니가 국적을 선택한다는 건 말이야, 우리나라가 전쟁으로 갈라졌다는 걸 인정하는 기다! 니는 전쟁이라는 수단을 써서 일부 인간들만 행복해지는 걸 인정하는 거가!"

할머니는 울지 않았다.

일본은 전후戰後일지도 모르겠지만, 조선 민족은 여전히 전쟁을 떠안고 있다. 나는 평화롭다는 착각에 빠져 주변에 무관심했던 부끄러운 인간이다. '국적 따위'라고 생각해 정말 면목이 없었다. 내가 할아버지와 할머니의 존엄성을 아주 간단히 짓밟고 있다는 걸 깨달았다.

'미국 가는 건 포기하자. 일본에서도 퍼포머가 될 수 있다.'

그렇게 단념한 그때였다. 갑자기 텔레비전을 보고 있던 할아버지가 일어나 천천히 다가왔다. 할아버지는 "조선인이라면······" 등의 민족적인 정체성과 사상을 거의 말하지 않는 사람이었다. 그런 할아버지가 말했다.

"우리들의 나라는 말이야. 50년 전에 분단되고 전쟁 나고 가족도 뿔뿔이 흩어졌다."

할아버지의 형은 북쪽에, 남동생은 남쪽에 있는 상태로 한반도는 분단되고 말았다.

"내 꿈은 옛날이나 지금이나 똑같다. 언젠가 조국이 하나가 됐을 때, 흩어진 형제와 다시 함께 사는 기다. 하지만 내 꿈은 이루어지지 않을지도 모르제. 그래도 이 녀석의 꿈은 국적을 따는 것만으로 챌린지할 수 있지."

할아버지는 나한테 말했다.

"창행이 니, 가까운 시일 내에 국적 신청해라. 국적이 바뀌어도 인간의 내면까지는 안 바뀐다. 국적 따서 여러 나라에 가고, 여러 사람을 만나고, 가끔 여행 이야기라도 들려주고. 니 얘기는 끝."

할아버지는 할머니에게 "당신도 괴롭겠지만, 오늘은 손자가 자기 꿈을 위해 처음으로 떼를 쓴 날이야. 지금부터 축하할 거니까 인자 밥 묵자!!!"라고 고함을 질렀다.

할아버지는 다시 텔레비전 앞에 앉았다. 할머니는 할아버지의 "인자 밥 묵자!!!"라는 박력 있는 말에 휘청거리며 묵묵히 부엌으로 갔다. 엄마는 인사를 하고 일을 하러 갔다.

할머니가 밥을 하는 동안, 나는 할아버지랑 사과를 먹으면서 텔레비전을 봤다. 얼마 뒤에 할머니가 신경 쓰여 슬며시 부엌을 들여다보았다. 할머니는 목소리를 죽이고 펑펑 울면서 밥을 하고 있었다.

할머니가 어떤 마음으로 밥을 하고 있는지 나는 알지 못했다. 그렇지만 내 꿈을 존중해주었기 때문에 그 마음은 감사하게 받아야 한다고 생각했다.

그때 나는 14살. 할아버지와 할머니가 14살 때 할 수 없었던 일을 나는 해야 한다.

엄마, 교무실에서 호통치다

한국 국적을 취득했다. 서류상이지만, 나는 한국인이 되었다. 국적 이외에 달라진 건 특별히 없고 변함없이 연습을 하는 날을 보내고 있었다.

중학교 3학년은 진로를 생각하지 않으면 안 되는 시기이기도 하다. 3학년이 되고 한 달 정도 지난 어느 날, 담임 선생님이 말했다.

"모두 부모님과 진로를 상의해서 와라."

'진로인가…….'

진학을 목표로 하는 사람, 진학하지 않고 취업하는 사람. 일반적으로 어느 한쪽의 선택지를 생각하지만, 나는 미국에서 열리는 퍼포먼스 콘테스트로 머리가 꽉 차 있었다. 선생님 말씀에 반 아이들 모두 서로의 진로를 이야기하는 분위기라 나 역시 곰곰이 생각했다.

진학은 선택지에 없고, 그렇다고 취직도 왠지 아닌 것 같았다. 결국 '프로 퍼포머가 된다'라는 대략적인 목표만 떠오를 뿐 그나마 구체적인 이미지는 그려지지 않았다. 예를 들어, 코미디를 하고 싶다면 요시모토흥업이나 쇼치쿠게이노의 양성학교에 진학한다는 코스가 떠오르지만, 프로 퍼포머가 되려면 무엇을 어떻게 하면 좋을지 전혀 감이 오지 않았다. 일단 미국의 콘테스트를 열심히 준비하자고 생각했지만, 만약 거기서 좋은 성적을 거둔다면 그다음에는 어떻게 하면 좋을까? 반 아이들이 진로를 진지하게 고민하는 것을 보면 볼수록 나도 초조해졌다.

그러던 어느 날, 미국에 가는 절차를 처리하는 과정에서 작은 문제가 생겼다. 미국에는 나 혼자 가는데, 여행사에서 연락이 와서 여행 동의서가 필요하다고 했다. 무슨 이유인지는 모르겠지만, 아마도 미성년자라 그랬을 것이다. 보호자와 학교 동의서가 필요했다.

엄마는 바로 사인을 하고 말했다.

"내일 이거 학교에 갖고 가서 담임 선생님한테 사인받아 온나."

그러고 종이 한 장을 건넸다.

다음 날 방과 후. 담임 선생님이 보이지 않아 교무실에 가서 부담임인 나카지마(가명) 선생님에게 사인을 해달라고 했다. 그런데 나카지마 선생님은 단박에 거부했다. 그리고 말했다.

"니 다른 애들 좀 봐라. 지금은 진로 문제를 진지하게 생각하지 않으면 안 된다. 미국 가는 날이 기말고사랑 겹치잖아. 노는 데 인생을 걸어도 된다고 생각하는 기가? 좀 진지하게 생각해라. 알아들었으면 집에 가서 공부나 해라."

나카지마 선생님은 들고 있던 바인더로 내 머리를 툭툭 쳤다.

집에 가니 엄마는 이미 출근한 뒤라 동의서에 사인을 받지 못했다고 전화를 했다. 엄마는 격분했다.

"머라카노?! 지금 당장 학교로 갈 테니까 니도 학교로 와!"

교문 앞에서 기다리고 있으니 엄마가 왔다. 아름답게

세팅한 올림머리에 기모노 차림으로 우아했지만, 차에서 내리자마자 미간을 찌푸리면서 나를 재촉해 부리나케 교무실로 향했다.

엄마는 교무실에 들어가자마자 소리쳤다.

"어이! 나카지마 나와!!!"

교무실 안의 선생님이 놀라서 엄마를 쳐다봤다. 잠시 후 나카지마 선생님이 나타났다.

화려한 기모노 차림의 엄마는 고함을 질렀다.

"왜 사인 안 해주는데. 그리고 얘가 하는 게 노는 거라고 말했다고?"

그러자 나카지마 선생님도 시비조로 다그치듯 말했다.

"네. 이렇게 중요한 시기에 장난감으로 놀려고 해외에 간다니 부담임으로서 허락할 수 없죠. 저는 교사로서의 책임이 있으니까요."

엄마는 목소리를 약간 낮춰 말했다.

"그래? 당신한테는 얘가 하는 게 장난감 갖고 노는 것처럼 보인단 말이제."

나카지마 선생님은 엄마에게 설교 조로 대꾸했다.

"당신도 엄마답게 아이를 위해 따끔하게 나무라는 게 어떻습니까?"

엄마는 내 눈을 보면서 말했다.

"이 부담임이 말하는 대로다. 그러니까 지금 니를 위해 따끔하게 말해줄게."

나카지마 선생님의 말대로 미국에 가는 걸 단념하라고 할 줄 알았는데, 엄마는 나카지마 선생님을 향해 퍼부었다.

"봐라, 지금부터 내가 하는 말 잘 들어라. 당신 좀 전에 교사로서의 책임이 있다고 했제? 내한테는 이 아이의 엄마로서의 책임과 자부심이 있다. 당신이 무슨 일이 있어도 사인을 안 해주면, 양육비랑 당신 가족의 생활비를 평생 보장해줄 테니까 애를 평생 볼끼가? 엄마 이상의 책임이 없다면 지금 당장 사인해라!"

나카지마 선생님은 아무 말 없이 꼼짝하지 않았다. 기다리다 지친 엄마가 "뭘 꾸물렁거려, 나카지마!!"라고 소리치자 나카지마 선생님은 비로소 동의서에 사인했다. 그 모습을 끝까지 지켜본 엄마는 교무실을 나가기 전에 나카지마 선생님에게 정중하게 사과했다.

"아들 때문에 소란을 피워서 죄송합니다. 아들이 하는 게 노는 것처럼 보였다면, 아직 아들의 진지함이 부족해서일지도 모릅니다. 그건 엄마인 제 책임이기도 하니 좀 더 노력하게끔 타이르겠습니다."

앞서 걷는 엄마의 니시진 오비(허리띠)가 흔들리고 있었다.

반드시 프로 퍼포머가 되겠어.

그렇게 마음먹었다.

③

세계적인
프로 퍼포머로

미국 입국 심사 소동

　미국으로 출국하기까지 3주 정도 남았을 무렵, 새로운 문제에 직면했다. 직면했다기보다는 큰 위기였다. 한국 국적을 취득한 건 좋은데, 여러 절차상 가장 중요한 한국 여권 신청이 많이 늦어져 출발하는 날보다 늦게 나온다는 걸 알았다. 당연하게도 여행자의 신분을 보증하는 여권이 없으면 비행기를 탈 수 없다. 출국을 연기하는 것도 고려했지만, 콘테스트 날짜와 맞출 수 없다. 할아버지와 할머니를 설득하고, 몇 번이나 엄마의 도움을 받았다. 물론 연습도 열심히 해왔다. 지금까지 한 게 있는데 미국행을 포기해야 하나? 나는 어찌할 바를 몰랐다.

　어떻게 되지 않을까. 필사적으로 방법을 찾았더니 해외로 나가는 방법이 하나 있었다. 임시 여권이다. 일본에서 태어난 일본인이라면 생소할 수도 있는데, 무국적 상태에 있는 조선적이라도 임시 여권을 취득하고 입국하려는 국가가 허가한다면 정식 여권이 없어도 출입국이 가능한 경우가 있다고 한다. 실제로 엄마 주변에 이런 방법으로 한국에 성묘를 하러 가거나 신혼여행으로 독일과 싱가포르에 간 사람이 몇 명인가 있었다.

하지만 임시 여권으로 미국에 입국한 사례는 들어본 적이 없었다. 그래도 이 방법밖에 없었다. 엄마의 어마어마한 노력 덕분에 임시 여권을 발급받았다. 또 엄마의 도움을 받았다. 그러나 여기서 안심할 수는 없었다. 아직 출입국심사 문제가 남았다. 임시 여권으로 미국행 비행기에 탄다 해도 현지 입국심사에서 입국 허가가 나온다고 장담할 수는 없다. 실제로 도착 후에 "당신은 입국할 수 없다"는 판정을 받아 바로 일본행 비행편으로 돌려보내진 사례도 들었다.

출국 당일. 간사이국제공항에 도착했다. 아무것도 몰라서 일단 항공회사 카운터에 임시 여권과 재입국허가서 그리고 외국인등록증명서를 내밀었다. 재입국허가서는 일본에 사는, 이른바 체류하는 외국인이 해외로 출국했다가 다시 일본으로 귀국할 때 입국을 원활하게 하려고 일본 정부가 발행하는 특별한 허가다.

수속은 간단히 끝났다. 그대로 짐 검사와 출국 심사로 가서 이 또한 간단히 끝내고 비행기에 탔다. 의외로 쉽게 갈 수 있을지도 모른다고 생각하며 완전히 마음을 놓고 있었다.

샌프란시스코국제공항에 도착해 입국 심사를 받으러 갔다. 당시 중학교 3학년이었던 나는 인사 정도의 영어만

할 수 있었다. 상대방이 질문을 해도 전혀 알아듣지 못해서 일단 입국 심사에서 임시 여권과 재입국허가서, 외국인등록 증명서, 그리고 기내에서 받은 출입국신고서와 세관신고서 까지 다섯 가지 서류를 전부 내밀었다.

심사관은 몸집이 큰 근육질의 흑인이었다. 드디어 미국 에 왔다는 감회에 젖어 있는데, 심사관이 임시 여권과 재입 국허가서를 가리키며 뭐라고 했다. 무슨 말을 하는지 전혀 모른 채 일단 '예스'를 연발했다. 돌이켜보면 이 예스가 문제 였다. 심사관이 근처에 있는 직원을 불렀다. 그 직원에게 끌 려가 형사 드라마에 나오는 것 같은 개인실로 들어갔다.

'무서워 죽겠다.'

얼마 후, 짧은 금발의 백인 남성 제이콥(가명)이 와서 영어로 말을 걸었다. 나는 그저 "잉글리시, 아이 돈 노"를 반 복했다. 정말 지독한 영어 실력이었다.

이번에는 긴 금발의 백인 여성 에밀리(가명)가 왔다. 에 밀리는 놀랍게도 한국어와 일본어를 했다. 듣자 하니 한국 (서울)에서 4년, 일본(오사카)에서 2년 동안 유학했다고 한 다. 나로서는 영어보다는 한국어, 한국어보다는 일본어가 편 했다. 재일코리안도 3세라면 한국어는 네이티브가 아니다.

에밀리는 간사이 사투리로 아무렇지도 않게 지적했다.

"당신이 하는 한국어 좀 이상하다."

"일본에서 태어나서 자랐으니까."

"엥, 일본에서 태어났는데 일본인 아이가?"

"부모님이 한국인이다."

"맞나. 일본에서는 부모가 외국인이면 아이도 부모 국적을 받나?"

"으응, 그런 식이다. 아무튼 일본어가 편하다."

에밀리가 제이콥에게 설명하는 것 같았다. 일단 임시 여권과 재입국허가서를 확인하고 있는 듯했다. 사실 재입국허가서는 일본에 귀국했을 때 제출하는 것인데, 이게 쓸데 없는 혼란을 초래했는지도 모른다. 그리고 하나 더 치명적인 실수를 했다는 걸 깨달았다. 출입국카드다. 한국의 임시 여권을 제출했는데, 기내에서는 영문 출입국카드를 받았다. 일본어판 출입국카드가 있다는 걸 전혀 모른 채 애써 영어판을 기입했는데 뒷면에 몇 가지 질문이 있었다. 영어라서 무슨 질문인지 몰랐지만, 네/아니오의 선택지가 있어서 이럴 때는 일단 전부 '네'에 체크하는 게 맞다고 생각해 모든 질문의 답을 그렇게 했다. 나중에 그 질문의 내용을 알았다.

당신은 전염병을 앓고 있습니까? 네.

당신은 마약 중독자입니까? 네.

당신은 실형 선고를 받는 범죄로 체포된 적이 있습니까? 네.

당신은 범죄·부도덕한 활동을 하려고 입국합니까? 네.

당신은 나치 독일에 관여했습니까? 네.

잘못 체크했다는 것을 알아준 듯 제이콥도 에밀리도 박장대소했다. 내가 미국에서 처음으로 웃긴 순간이었다.

잠시 후, 호리호리한 근육질 체격의 흑인 남성 밥(가명)이 들어와서 에밀리에게 길게 무언가를 전했다. 에밀리가 웃는 얼굴로 "확인됐다! 어서 와, 미국에! 즐거운 시간 보내!"라고 말하고, 세 미국인의 박수를 받았다.

그때 들었던 입국 허가 도장이 찍히는 소리는 잊을 수 없다.

뜻밖의 결과

미국 땅을 밟았다. 생애 첫 해외다. 일단 호텔 체크인을 했다. 퍼포먼스 콘테스트는 이틀 뒤라 사전 답사를 하러 갔다. 장소를 둘러본 후 호텔로 돌아와 쉬다가 방이 무척 넓어서(방의 끝에서 끝까지 옆으로 재주넘기를 네 번 할 수 있었다) 연습도 했다.

둘째 날에는 모처럼 미국에 왔으니 시내 산책을 하러 나갔다. 시디숍을 찾아서 들렀는데, 갖고 싶었던 앨범도 발견했다.

〈가든 에덴Garden Eden〉

앞에도 썼지만, 나는 성경에 나오는 에덴동산 이야기를 좋아했는데, 마침 동명의 아티스트 가든 에덴의 곡이 수록된 옴니버스 앨범을 갖고 있었다. 그런데 그들의 앨범을 팔고 있었던 것이다. 운명처럼 느껴져 바로 구입했다. 호텔로 돌아와 시디 플레이어로 들어봤다. 갖고 있던 앨범에 실린 곡의 다른 버전이었다. 무척 마음에 들어서 이걸로 퍼포먼스를 하고 싶어졌다. 디아블로의 곡은 급히 가든 에덴의 〈레몬 트리Lemon Tree〉로 바꿔 대회에 나가기로 했다. 지금도 디아블로 공연을 할 때 이 곡을 쓴다.

콘테스트 당일 아침. 공연장으로 향했다. 콘테스트가 열리는 공연장에는 댄스, 마술, 저글링, 스케이트보드와 바이시클 모토크로스BMX 등 여러 장르의 출연자로 가득했다. 공연장에 와서 알았지만, 먼저 예선을 해서 결승에 진출할 여덟 조를 정하는 흐름이었다. 예선의 공연 시간은 2분 이

내로 곳곳에서 동시에 진행되었다.

　내 순서가 왔다. 요요 1분, 디아블로 1분 구성으로 공연을 했다. 저글링을 하는 사람은 몇 명 있었지만 요요와 디아블로는 나밖에 없는 것 같았고, 이게 실력인지 단순히 보기 드물기 때문이었는지 모르겠지만 어쨌든 예선을 통과했다.

　솔직히 인생은 그렇게 호락호락하지 않다고 생각해 예선 탈락으로 바로 콘테스트 참가 종료라는 패턴을 상상하고 있었기 때문에 예선을 통과했다는 기쁨보다는 놀라움이 더 컸다. 예선을 통과했다는 것만으로도 만족스러웠지만 역시 여기까지 왔으니 최소한 입상, 가능하다면 우승하고 싶다는 마음이 생겼다.

　결승 출연 순서가 쓰인 종이를 확인하니 내 순서는 일곱 번째였다. 접수 순서인지 득점이 낮은 순서인지 알 수 없었지만, 어쨌든 마지막에 가깝다는 건 공연장의 분위기와 관객의 호응도를 느긋하게 파악할 수 있다는 의미에서 나쁘지 않았다.

　결승전이 시작되고 공연장은 달아올랐다. 결승에서는 브레이크댄스를 하는 팀과 스케이트보드와 BMX로 뛰어난 묘기를 펼치는 사람, 비둘기를 내놓는 마술사, 볼 7개를 돌리는 저글러가 있는가 하면, 사과 3개를 공중으로 던져 돌리면서 타이밍을 가늠해 재빨리 사과를 먹는 퍼포머도 있었다. 저마다 너무나 매력적이었다. 무대 뒤에서 지켜보면서 사람들 앞에서 퍼포먼스를 한다는 건 이렇게나 꿈같은 일이구나 하고 감동했다.

내 차례가 왔다.

"프롬 코리아! 창! 행! 김!"

일본에서 태어나 성장했지만 사회자는 국적으로 한국인이라고 판단했을 것이다.

환호성과 동시에 막이 올라갔다. 막이 내 머리 위를 통과했을 즈음 음악이 흘러나왔다. 먼저 요요를 선보였다. 처음부터 다이내믹하게 돋보이는 텍사스 카우보이라는 기술을 구사했다. 갑자기 엄청난 함성이 일었다. 기술을 선보일때마다 함성은 커졌다.

요요 퍼포먼스는 약 3분. 이 3분이 순간처럼 느껴질 정도로 빨리 지나갔다. 다음으로 디아블로 퍼포먼스를 하려고 하는데 요요로 끝났다고 생각했는지 공연장 전체에 기립 박수가 쏟아졌다. 당황했지만, 그러는 사이에 음악이 흘러나왔다. 서둘러 디아블로를 손에 쥐고 퍼포먼스를 시작했다. 관객들은 선 채로 디아블로 퍼포먼스를 봤다. 관객들의 호응은 요요 이상으로 뜨거워 함성으로 음악이 잘 들리지 않을 정도였다.

실수를 두 번 했다. 실수 없는 완벽한 퍼포먼스를 기준으로 삼은 나로서는 100점을 줄 수 없었지만, 후회 없이 최선을 다했다. 이는 100점을 주는 것만큼 중요한 일일지도 모른다.

설사 우승을 하지 못한다 해도, 설사 입상조차 하지 못한다 해도 내 마음 속에는 이미 관객들이 준 금메달이 있었다.

결승 진출자의 무대가 모두 끝나고 결과 발표. 동메달에서도, 은메달에서도 내 이름은 불리지 않았다. 주목의 금메달 발표. 긴 드럼 롤이 흐르고 수상자의 이름이 발표됐다.

"위너! 창! 행! 김!"

설마라고 생각했지만, 확실히 내 이름이었다. 금메달을 목에 걸었다. 꿈이 아니었다. 결승에서 경쟁했던 출연자들과 관객들에게 축하를 받았다. 사회자가 마이크를 줘도 "땡큐 베리 머치"밖에 하지 못해 제대로 영어를 공부해야겠다고 생각했다.

미국에서의 경험으로 큰 자신감이 생겼다. 프로 퍼포머가 되기 위한 명확한 길이 없으면, 스스로 길을 개척하면 된다. 그렇게 생각했다.

9.11의 충격, 미국과 요르단

중학교 3학년 가을. 미국의 퍼포먼스 콘테스트에서 우승한 걸 계기로 졸업 후 프로 퍼포머를 목표로 꾸준히 노력하겠다고 생각하던 차에 담임 선생님이 나를 어느 사립고등학교에 추천했다. 그 학교는 2000년부터 스포츠반을 신설해 마침 2기를 스카우트하고 있었다. 이른바 추천 입학이다.

고등학교에 갈 생각이 전혀 없었지만, 그 스포츠반에서 3년간 연습할 가치가 있다고 판단한 나는 그 학교에 진학했다. 교토 센탄가쿠대학 부속 고등학교, 예전에는 교토상업고교로 알려져 야구에서는 사와무라 에이지, 축구에서는 전 국가대표 하시라타니 고이치와 하시라타니 데쓰지 형제를 배출했다.

고교 생활이 시작됐다. 스포츠반이라서 자기가 하고 있는 종목을 포함한 자기소개 시간이 있었다. 유도, 야구, 축구, 농구 등 메이저 스포츠 가운데 나는 아직 지명도가 낮은 저글링이었다. 2001년에는 저글링이라고 하면 바로 아는 사람은 별로 없었고, 상당히 어폐가 있지만 '피에로'나 '길거리 공연'이라고 하면 막연하게나마 알아듣는 정도였다. 자기소개 시간에 잠깐 디아블로를 선보였다. 반 친구들은 신기해하며 좋아했다. 자기소개 시간이 끝나고 반 전체가 스포츠맨으로서 3년간 같이 힘내자며 결속을 다졌다.

스포츠반은 특수한 반으로, "전국제패다!" "프로가 된다!"라는 열망으로 똘똘 뭉친 사람들의 집합이라 공통의 목표랄까, 지향하는 방향이 비슷하다고 할까 아무튼 모두 스포츠에 뜻이 있어서 서로 영향을 주고받고, 향상시키는 환경이 조성되어 있었다. 중학교 때와는 전혀 다른 분위기였다.

그렇게 고교 생활을 하다가 지금도 결코 잊지 못할 귀중한 경험을 했다.

중학교 3학년 때 미국에서 우승한 걸 계기로 스티븐이라는 미국인 경영 컨설턴트를 만났다. 투자자이기도 한 스티븐은 나를 퍼포머로서 미국에 소개하고 싶다고 했다. 나중에 미국뿐 아니라 많은 나라에서의 공연을 주선해주었는데, 아닌 게 아니라 스티븐이 없었다면 현재의 세계적인 퍼포머 '창행.'은 존재하지 않았다. 그런 스티븐이 의뢰한 기념비적인 첫 번째 일은 2001년 9월 초 미국 뉴욕주에서 많은 경영자와 투자자가 모이는 자리에서의 퍼포먼스였다.

1년 만에 미국으로 향했다. 뉴욕에서 무사히 퍼포먼스를 마치고 이틀이 지난 아침. 호텔에서 쉬고 있는데 어쩐지 바깥이 소란스러웠다. 창문으로 내려다보니 많은 사람이 같은 방향으로 황급히 움직이고 있었다. 유명한 사람이라도 있는 건가 싶어 호텔 밖으로 나갔다. 그런데 멀리 떨어진 곳에 있는 빌딩에서 커다란 연기가 피어오르고 있었다.

'거대한 운석이라도 떨어졌나?'

이런 생각을 했다.

호텔 로비에는 커다란 텔레비전이 있었는데 모두 그 앞에 달라붙어 있었다. 텔레비전에는 빌딩이 불타오르는 장면이 나오고 있었다. 그 직후의 일이었다. 남아 있는 또 다른 빌딩에 비행기가 돌진하는 광경이 영상 너머로 눈에 들어왔다.

'영화 촬영이나 뭐 그런 건가? …… 아니, 근데 뭔가 분위기가 달라.'

그날은 2001년 9월 11일. 미국 동시다발 테러 사건이었다. 신변의 위험을 느낀 나는 겁을 먹고 방으로 돌아갔다. 텔레비전에서는 탈취당한 비행기가 세계무역센터빌딩에 돌진하는 장면과 미국의 대참사에 슬퍼하는 사람들의 영상이 반복해서 나왔다. 나는 불안과 공포에 떨며 귀국할 때까지 며칠간 조용히 지냈다.

예정보다 며칠 더 걸렸지만 무사히 일본으로 돌아올 수 있었다. 하지만 귀국 후에도 9.11 테러의 충격은 잊히지 않았고, 너무나 큰 정신적 쇼크에 한동안 9.11 보도를 보지 않았다.

귀국 후 약 한 달이 지나 뉴욕 행사에서 알게 된 요르단인 아멜(가명)의 의뢰로 요르단에 가게 되었다. 요르단이라는 나라를 처음 알았는데, 요르단의 엘리트 계층이 모이는 파티에서 퍼포먼스를 하는 것이었다.

술술 이야기가 풀려 현지 사정을 잘 모른 채 지정된 비행기에 타고 요르단의 수도 암만에 도착했다. 호텔에 도착해 우선 아멜과 함께 레스토랑에서 식사를 했다. 플로어에 있는 텔레비전에서 미국 동시다발 테러 사건 영상이 나오고 있었다. 벌써 한 달이 지났나 하고 9.11을 떠올리고 있는데, 충격적인 광경이 눈에 들어왔다. 레스토랑에 있던 손님 일부가 9.11 영상을 보면서 기쁜 듯이 웃었다. 박수를 치거나 승리의 포즈를 하고 있는 사람도 있었다.

미국에서 "아랍계, 중동 출신, 이슬람교는 적이다"라는 대화를 들은 적이 있다. 속으로 '그건 편견이지'라고 생각했었다. 그러나 실제로 눈앞의 광경을 보니 본능적으로 '무섭다'고 느꼈다. 모든 사람이 그런 건 아니라는 걸 알고 있으면서도 불안 속에서 공연을 끝내고 귀국했다.

당시의 기분을 그대로 표현하자면, '무사히 귀국해서

정말 다행이다'다. 해외에서 무사히 돌아왔다는 의미가 아니다. 이슬람교의 나라에서 무사히 돌아왔다는 의미의 안도감이다.

'역시 일본은 평화로운 나라야. 그리고 미국은 정의의 나라야.'

그렇게 실감하며 마음을 놓았다.

그러나 수년 뒤에 다시 간 요르단에서 이런 생각이 크게 달라지는 일과 조우한다.

한국을 향한 흔들리는 마음

2002년, 아시아 최초의 FIFA 월드컵이 개최되었다. 통칭 '한일 월드컵'이다. 감사하게도 한국의 이벤트 회사에서 월드컵의 분위기를 띄우는 행사에 출연해달라는 제안을 받았다. 제안을 받았을 때, 이상한 기분이 들었다.

초등학생 때 조선인이라는 이유로 괴롭힘을 당했던 나는 자신의 뿌리를 알고자 초등학교 고학년 때부터 도서관에서 책을 찾아보며 나름대로 한반도 역사를 공부했다. 그때 처음으로 한국과 북한이 수십 년 전까지 하나의 나라였다는 걸 알았다.

　　나의 할아버지와 할머니는 이산가족이다. 할아버지는
북한에 형이, 한국에 남동생이 있다. 그러나 너무 많은 시간
이 흘러 생사조차 모른다. 할머니의 엄마 역시 마찬가지다.
그런 할머니 할아버지의 손자인 내가 두 사람의 뿌리가 있
는 땅에 가는 것이다. 가는 것만으로도 엄청난 일이다. 가족
들에게는 혁명적인 일인 것이다.

　　'조국의 남쪽은 어떤 곳일까?'

　　'한국은 어떤 나라일까?'

　　'한국 사람은 어떤 사람들일까?'

　　상상하는 것만으로도 가슴이 두근거렸다. 이 빅뉴스를
할머니에게 말했다.

　　"할매, 이번에 일 때문에 한국 간다!"

　　할머니는 눈을 반짝이며 말했다.

　　"돌아가는구나. 재밌게 하고 온나."

　　놀랐다. 나는 한국에 '간다'고 하는 데 반해, 할머니는
'돌아간다'라고 한 것이다.

　　출발 전날. 미국과 요르단에 갈 때는 푹 잤는데, 한국이
라고 하니 왠지 잠이 오지 않았다. 결국 한숨도 자지 못하고
간사이국제공항을 출발해 인천국제공항에 도착했다.

이상한 감각의 연속이었다. 공항에 내린 순간, 이 땅에 처음 왔다는 느낌이 들지 않았다. 아득히 먼 옛날에 이 땅에 왔던 것 같은 느낌이 들었다. 그리고 사람. 만나는 사람마다 처음 만난 것 같지 않았다. 마치 옛날부터 이 사람들을 알고 있는 듯한 느낌이었다. 글자를 봐도, 말을 들어도 여기서 태어나 자란 것도 아닌데, 왠지 그리움을 느꼈다.

이 감각이 단순히 나의 착각인지, 아니면 내 몸에 흐르고 있는 선조의 유전자가 지닌 기억이 이 땅과 함께 공명하고 있는 건지 알 수 없었지만, 어차피 언젠가 왔을 곳이었다고 생각했다.

서울 중심가에 가니 모두 한국 대표팀 유니폼이나 슬로건 'Be the Reds!'가 쓰인 빨간 티셔츠 차림이라 서울의 거리는 붉은 물결이었다. 그렇게 월드컵 무드 일색의 한국에서 하루에 두 번, 모두 이틀에 걸쳐 저글링을 했다.

첫날은 한국에서의 첫 무대라 그랬는지 긴장한 것 같았다. 당시엔 일본이 그랬던 것처럼 한국에도 저글링 자체가 생소했고, 디아블로를 하는 건 대부분 처음 봤을 것이다(라고 생각한다).

둘째 날까지 세 차례의 공연을 끝내고 네 번째 공연을 할 때였다. 그날은 한국 대표팀 경기가 있어서 관중들의 열기가 뜨거웠다. 거의 실수하지 않고, 스스로도 무척 만족스런 공연을 했다. 제일 마지막 순서였기 때문인지 스태프가 그대로 무대 위에 있으라는 손짓을 하더니 사회자의 인터뷰가 있었다.

"김창행 씨는 일본에서 태어나고 성장한 재일교포시죠. 이번에 처음 한국에 오셨는데, 기분이 어떠세요?"

갑작스러운 상황에 뭐라고 말하면 좋을지 몰라 머뭇거리는데, 관중석 쪽에서 이런 말이 날아들었다.

"너 반쪽바리잖아! 나라를 버리고 일본에서 편하게 산 새끼는 교포가 아니야!"

비수 같은 말이 가슴에 꽂혔다.

다른 몇몇 사람도 비슷한 욕설을 했다. 하지만 매도하는 사람을 향해 "그런 말 하지 마! 얘는 우리 교포라고!" "넌 한국인의 수치야!" 등 나를 지켜주려는 사람도 나타났다. 얼마 지나지 않아 관중들끼리 소란스러워졌다. 사회자가 나를 무대 가장자리로 이끌며 "부디 기분 상하지 않으셨으면 해요"라고 했다. 그러나 마음의 상처는 컸다. 두 번 다시 한국에 오고 싶지 않다는 생각까지 했다.

귀국하고 며칠 후, 한국과 일본 대표팀이 각각 결승 토너먼트에 진출했다. 나는 축구 관전을 무척 좋아했지만, 딱히 어느 쪽 대표팀도 응원하지는 않았다. 오히려 브라질과 독일 등 축구 자체가 강한 나라와 선수의 플레이를 즐겼다.

일본 대표팀은 결승 토너먼트 1회전에서 튀르키예에 졌다. 한국 대표팀의 결승 토너먼트 1회전 상대는 이탈리아였다. 한국에서 쓰라린 기억을 얻은 직후라 그다지 한국 대표팀을 응원할 기분이 나지 않았고, 솔직히 말하면 이겨도 져도 상관없었다. 한국 대표팀에서 아는 선수는 박지성 정도였다.

시합은 러프 플레이가 두드러졌다. 개최국의 홈그라운드였기 때문인지 심판은 이탈리아에 엄격하게 구는 인상이었다. 전반 18분, 이탈리아가 선제골을 넣었다. 이때만 해도 '이탈리아는 앞으로 몇 골이나 더 넣을까?' 정도의 마음이었다. 그런데 후반 88분 시합 종료까지 2분이 남은 시점에 한국이 동점골을 넣었다. 그 순간 "오!" 하고 흥분했다.

'어? 나 기뻐하고 있잖아?'

내 감정에 조금 놀랐다.

연장 13분, 내가 엄청 좋아하는 도티가 한국의 골대 앞에서 쓰러졌다.

'패널티 킥이다!'

그런데 주심은 시뮬레이션이라고 판정했다. 그 결과 도티는 패널티 킥을 차기는커녕 두 번째 옐로카드를 받고 퇴장당했다. 평소의 나라면 "장난하냐, 심판!" 하고 고함을 질렀을지도 모른다. 언제나 경기하는 모습을 기대하고 있던 선수가 필드에서 사라졌기 때문에.

그런데 이상한 감정이 끓어올랐다. 한국이 우위에 있는 이탈리아에 이길지도 모른다는 작은 기쁨에 휩싸인 것이다. 이때는 축구광으로서의 내가 아니라 아이덴티티가 얼굴을 내밀었는지도 모른다.

양쪽 팀 모두 득점 없이 그대로 패널티전이 되는 건가 싶었던 연장전 117분. 안정환이 역전 골을 넣었다. 이 골을 본 순간 감정이 폭발해 스스로도 놀랄 정도로 함성을 지르며 열광했다.

이상한 일이었다. 한국 따위 응원하고 있던 게 아닌데, 격렬하게 뛰는 심장을 느낄 정도로 기뻐하고 감동해버린 내가 있었다.

말로는 표현할 수 없는 이 기분은 뭘까? 일본인도 아니고, 한국인도 아닌 나는 도대체 어디 사람이며 누구일까?

한일 월드컵을 겪으며 이런 마음이 싹텄다.

길거리 공연 월드컵
첫 번째 이야기

고등학교 2학년이 되기 전의 어느 날. 요요도 파는 단골 문구점 호유 스토어의 점장으로 콧수염을 깔끔하게 정돈한 미와(가명) 씨가 물어봤다.

"오카모토 니 길거리 공연에 흥미 없나?"

"길거리 공연이라는 게 퍼포먼스를 하고 마지막에 모자에 돈을 받는 그겁니까?"

"뭐, 그런 느낌이지. 길거리 공연 월드컵이 있는데 도전해 볼래? 마침 올해 참가자를 모집하고 있거든."

길거리 공연에 월드컵이 있다는 걸 처음 알았다. 퍼포먼스를 할 곳을 원했기 때문에 가벼운 마음으로 나가 보기로 했다.

"일단 나가볼게요. 근데 월드컵이죠? 나 같은 아마추어는 입상도 못할 낀데."

그러자 미와 씨는 힘주어 말했다.

"뭐라는 기고! 니는 다른 애들과는 다른 매력과 센스가 있다! 자기를 과소평가하면 안 돼! 자신을 가지라!"

약간 놀랐지만 그렇게까지 말해준다면이라는 생각에

바로 미와 씨와 근처 공원에 가서 접수에 필요한 퍼포먼스 영상을 찍었다. 다 찍은 걸 보니 관객이 있는 것도 아니고 무척 보잘것없었다. 이걸로는 절대 통과할 수 없겠다고 생각했는데, 웬걸 합격하고 말았다.

〈길거리 공연 월드컵 in 시즈오카 2002〉에 출전하는 내 예명은 '미스터 마슈'. 신청서를 작성할 때 마침 텔레비전에 포뮬러1F1이 방송되고 있었는데, 1위가 슈마허라 비틀어서 '마슈'라고 했다. 특별한 이유는 없다.

당시 길거리 공연 월드컵에는 위에서부터 순서대로 챔피언을 결정하는 월드 부문, 거리의 지정된 장소에서 퍼포먼스를 하는 온라인·오프라인 부문의 세 장르가 있었다. 온라인과 오프라인 부문은 음악계로 비유하자면, 메이저와 인디 정도의 격차(오프라인 부문은 출연료가 없고, 숙소도 제공하지 않는 등)가 있었다. 통상적으로 오프라인 부문에 출전해 실력을 인정받으면 그다음 해나 수년 후에 온라인 부문에 나가는 게 통례지만, 실력이 예전 같지 않으면 이듬해에 떨어지는 패턴도 있다. 나는 갑작스런 온라인 부문 출전이었다. 게다가 17살에 온라인 부문 출전은 지금까지도 최연소 기록이다.

어차피 떨어질 거라고 생각해서 완전히 마음을 놓고

있었는데, 합격이라니 갑자기 초조해졌다. 다시 한번 규칙을 확인하니 공연 시간은 15분에서 20분 정도였다. 당시 내가 하고 있던 공연 시간은 최장 10분이었다. 아무리 생각해도 5분 부족했다. 고작 5분이라고 생각할지도 모르겠는데, 초보 퍼포머가 시간을 5분 늘림과 동시에 퍼포먼스로 하는 것은 무척 어려운 일이다.

고민해봤자 소용없는 일이라 심플하게 저글링 목록을 새로 늘리기로 하고 볼을 샀다. 길거리 공연 월드컵까지 약 5개월. 그때까지 15분 이상의 퍼포먼스를 만드는 목표를 세웠다. 매일 한결같이 연습만 한 결과, 한 달 만에 볼 저글링 교본에 실려 있는 볼 5개까지의 기본 기술을 전부 구사하게 되었다. 2개월 만에 약간의 응용 기술까지 익히고 도합 3개월 만에 그럭저럭 음악에 맞춰 15분 이상의 퍼포먼스를 완성했다. 스스로 말하는 게 좀 그렇지만, 경이적인 성장 속도였다. 인간은 궁지에 몰리면 숨겨진 능력을 발휘한다는 걸 실감했다.

어쨌든 틀을 잡았으니 월드컵 당일까지 오로지 요요, 디아블로, 볼 구성으로 연습을 반복해 정밀도를 높였다. 약간 여유가 생겨서 폴더폰을 열어 안테나를 코 위에 세워 중심을 잡는 '쓰카미' 기술까지 고안했다(당시에 무슨 이유에서

인지 이걸로 텔레비전에 자주 출연했다).

2002년 11월 1일, 4일간의 '길거리 공연 월드컵 in 시즈오카 2002'가 개막했다. 첫날은 웬걸 억수같이 비가 쏟아졌다. 비가 와도 행사는 취소되지 않았고, 빗속에서도 할 수 있는 퍼포머는 해도 됐다. 의상과 도구가 젖기 때문에 대다수의 퍼포머가 단념했지만, 나는 퍼포먼스를 하기로 했다.

나의 첫 무대에는 폭우가 쏟아졌다. 첫 번째로 선보인 폴더폰 안테나로 균형 잡기 묘기는 안테나가 빗물에 미끄러져 눈에 박힐 뻔했고(라고 할까, 조금 찔렸다), 요요와 디아블로의 끈은 젖고, 볼은 빗물을 빨아들여 엉망진창이었다. 그래도 관객의 표정을 보니 즐거워 보여서 퍼포먼스를 단행해서 다행이라고 생각했다.

저녁이 지나 비가 그쳤다. 첫 출전이라 몰랐는데, 길거리 공연 월드컵에는 '나이트 퍼포먼스'라는 밤에만 하는 별도의 무대가 있었다. 길거리 공연 월드컵 출전자는 지정된 장소에서 하루에 세 번 퍼포먼스를 하는데, 희망하는 사람은 나이트 퍼포먼스로 네 번째 퍼포먼스를 추가할 수 있었다. 물론 나는 참가를 희망했다.

낮에는 비가 와서 거의 한 게 없기 때문에 비구름이 사라진 뒤의 나이트 퍼포먼스가 연습의 성과를 발휘할 수 있

폴더폰을 이용한 독자적 기술 쓰카미

는 사실상의 첫 무대였다. 그런데 연습의 성과는 선보였지만, 예상하지 못한 결과를 안고 끝났다.

길거리 공연은 주머니나 상자, 모자에 돈을 넣는 식으로 관객의 평가나 찬사를 받는 문화다. '오히네리お捻り'(관객들이 재미있었다는 감사의 표시로 돈을 휴지 등 종이에 싸서 비튼 뒤 배우에게 던지는 풍습—옮긴이)에 가까울지도 모른다. 그리고 관객이 넣은 돈, 그러니까 팁은 퍼포머에게 있어 자신의

레벨을 가늠하는 하나의 바로미터이기도 하다.

나이트 퍼포먼스는 예상을 훨씬 밑도는 결과였다. 속으로 '뭐 난 길거리 예능인이 아니니까'라고 자위했다. 급기야 '길거리 공연을 해서 받는 돈은 이런 거구나' '이래도 꽤 들어왔네'라고 억지로라도 납득하려고 했다. 그러나 다른 선배 퍼포머를 보니 무척 흥겨운 분위기에 팁박스도 엄청 수북했다. 실력의 차이를 뼈저리게 깨달았다. 내가 핑계만 대고 있다는 걸 솔직하게 인정하지 않을 수 없었다. 모두 나의 실력 부족이라고 깨끗하게 내 잘못을 인정했다.

바로 호텔로 돌아와 홀로 반성의 시간을 보냈다. 이대로는 남은 3일을 버티지 못할 것 같아서 급히 작전(구성)을 바꾸기로 했다. 오늘 좋았던 점과 좋지 않았던 점, 또 선배 퍼포머를 보고 배운 점과 느낀 점을 노트에 써내려가며 다면적·다각적으로 분석했다. 월드컵이 시작된 이상 이제와서 기술을 커버할 수는 없어서 궁리 끝에 보여주는 방법과 퍼포먼스 진행 방법을 개선하기로 했다.

선배 퍼포머의 방식에서 압도적으로 많았던 것은 음악을 틀고 말을 하며 퍼포먼스를 하는 스타일이었다. 이 스타일은 말로 설명하기 때문에 일반인이 보기에도 알기 쉬워서 길거리 공연에 가장 적합하다고 할 수 있다.

다른 한 가지는 음악 유무와 상관없이 말을 하지 않고 신체 표현에 특화된 팬터마임과 사일런트 코미디 같은 스타일이다. 퍼포머의 표현력이 요구되고, 또한 말을 하지 않으므로 때에 따라 관객에게도 고도의 이해력과 상상력이 필요해서 난해함이 생긴다. 그러나 언어의 벽을 쉽게 넘을 수 있어서 국제적인 관점에서 볼 때 만국에 통용되는 스타일이다.

내가 하고 있던 퍼포먼스는 어느 쪽에도 속하지 않는 스타일이었다. 말없이 빠른 박자의 음악에 맞춰 연속적으로 기술을 반복하는, 처음부터 끝까지 음악을 멈추지 않고 하는 논스톱 스타일이다. 그런데 이 스타일은 관객과 소통하는 게 어려워 길거리 공연에는 그다지 적합하지 않다고 판단했다. 그래서 둘째 날은 각각의 무대를 선보이기 전에 음악을 잠시 끄고 포인트를 설명하고 관객이 인식하기 쉽도록 기술의 난이도도 낮추는 구성으로 도전하기로 했다.

둘째 날은 맑았다. 어제 반성하며 짠 작전대로 포인트를 설명한 후에 요요, 설명한 후에 디아블로를 하는 식으로 공연마다 알기 쉽게 퍼포먼스를 선보였다. 그러자 어제보다는 반응이 있고 팁도 늘었다. 두 번, 세 번 하면 할수록 관객의 반응은 물론 팁도 늘고 나이트 퍼포먼스에서는 예상했던 대로의 결과를 낼 수 있었다. 이대로 3일째도 도전할까 생각했지만, 아직 개선의 여지가 있다고 느꼈기 때문에 하룻밤 사이에 할 수 있는 궁리를 조금 더 해보기로 했다.

둘째 날의 방식은 알기 쉽게 한다는 것의 장점은 실감했지만, 아무래도 공연마다 흐름이 끊겨서 안 좋은 의미의 '틈'이 생기고 만다. 그래서 다음에는 음악을 끄지 않고 공연 중에 설명을 곁들이면서 연속해서 기술을 펼치는 작전으로 가기로 했다. 체력적으로 꽤 힘들겠지만 해볼 만한 가치는 충분했다.

셋째 날. 이 작전이 큰 성공을 거두었다. 둘째 날보다 반응이 뜨거웠고, 팁도 지금까지 들어온 것을 넘어설 정도로 받았다. 상황은 점점 좋아져 많은 관객에게 칭찬도 많이 받았다.

길거리 공연 월드컵
두 번째 이야기

이렇게 보면 순조로운 것 같지만, 실은 월드컵 2일차 밤부터 했던 고민이 마지막 날을 앞두고 무척 큰 갈등으로 다가왔다.

관객은 퍼포먼스를 즐기고 팁도 꽤 많이 들어왔다. 고등학교 2학년이었던 나한테는 겁이 날 정도의 금액이었다. 그런데 뭐가 문제였을까? 관객도 즐거워하고 팁도 많이 들어왔는데 정작 나는 전혀 즐겁다고 느끼지 않아서 진심으로 기뻐할 수 없었다.

원인은 명확했다. 첫날, 예상보다 관객의 호응과 팁이 적었다. 꽤 의기소침했다. 어떻게든 이 상황에서 벗어나고 싶어서 선배 퍼포머를 참고해 관객의 '호응'과 '팁'에서는 목표했던 바를 달성했다. 하지만 이건 내가 하고 싶었던 퍼포먼스 스타일로 얻은 결과가 아니었다.

원래 말을 하지 않고 빠른 박자의 음악에 맞춰 연속적으로 기술을 선보이며 처음부터 끝까지 전력질주를 하는 듯한 퍼포먼스를 하고 싶었다. 그런데 전혀 다른 걸 하고 있었다. 음악의 템포를 늦추고 난이도를 낮춘 기술에 대해 설명하면서 담담하게. 내 실력을 전부 보여주지 않았는데도 호평을 받는 상황이 허무했다. 평가해주는 건 기쁘지만, 내가 하는 퍼포먼스가 즐겁지 않고 달갑지 않았다.

관객을 최우선으로 생각하는 건 중요하고 돈을 버는 것 역시 중요하다. 하지만 그러기 위해서 기술의 난이도를 낮추고 개성을 죽여 목표를 달성한다는 게 퍼포머로서 아무래도 납득이 가지 않았다. 무엇보다 계속 이렇게 하면 언젠가는 퍼포먼스 자체가 싫어질 게 뻔했다. 그렇게 되기 전에 내가 정말 하고 싶은 것을 하기로 했다.

그렇지만 관객이 아닌 자기중심적인 퍼포먼스가 호응을 얻지 못한다는 건 첫날 알았다. 그렇다고 2, 3일차처럼 관객에게 맞추기만 하는 것도 뭔가 아니었다. 내가 하고 싶은 스타일을 관철하면서 관객의 만족도도 높아지는 나만의 스타일을 개발할 필요가 있었다.

'무슨 좋은 방법이 없을까?'

이런 생각을 하고 있던 3일째 나이트 퍼포먼스까지의 빈 시간. 노점상에서 산 사과사탕을 먹으며 선배의 퍼포먼스를 관찰하고 있는데, 문득 음향 부스에 눈길이 갔다. 음향 스태프가 퍼포먼스에 맞춰 믹서의 페이더(음량 조절기)를 천천히 올리고 있는 모습이 눈에 들어왔다. 음악이 점점 커지는 페이드 인이라는 기술이었다. 이 페이드 인을 보고 번뜩 떠오르는 게 있었다.

배경음악은 듣고 있는 사람이 즐겁다면 조금씩 소리를 키워도 좀처럼 눈치채지 못한다. 퍼포먼스의 기술을 음량에 비유하자면, 나는 최대치의 음량 상태에서 시작했다는 걸 깨달았다. 오히려 2, 3일째는 듣기 좋은 정도의 음량이었다.

그러니까 음악과 공연 구성 자체는 제일 하고 싶어 했던 첫날처럼 하고, 그 대신 시간을 들여서 천천히 기술의 난이도를 높이면 관객이 따라와서 잘되지 않을까? 음량이 아닌 기량의 페이드 인이랄까. 물론 음량과 마찬가지로 한번에 너무 많이 올리면 관객을 방치하게 되지만, 변화의 속도에 주의를 기울이면 괜찮지 않을까? 바로 나이트 퍼포먼스에서 테스트해보기로 했다.

처음에는 관객이 적었다. 그러나 퍼포먼스를 시작한 직후에 관객의 반응이 지금까지와 달랐다. 처음부터 박자에 맞춰 손뼉을 치기 시작했고 그 분위기에 사람들이 잇달아 모여들었다. 이 시점에서 가설이 들어맞았다고 확신했다. 지금까지의 무대를 능가하는 탄성이 울려 퍼졌고, 팁을 받는 시간에 본 관객의 표정도 이전과는 달리 정말 만족스러워 보였다.

퍼포먼스가 끝난 뒤에도 "10년째 길거리 공연 월드컵에 왔지만 이런 건 처음 봤어요!" "궁금해서 3일 동안 봤는데 매번 진화하고 특히 오늘 좋았어요." "여러 길거리 공연을 봤지만 충격적이었어요! 완전히 새로운 스타일이네요!" 등 많은 호평을 들었다. 진심으로 기뻤다. 성취감도 있었고 만족감도 있었다. 여기에 행복이 있었다. 퍼포머의 세계에

'길거리 공연 월드컵 in 시즈오카 2002'에서 선보인 요요 퍼포먼스

프로 라이선스같은 건 딱히 없지만, 이 11월 3일부터 명실 상부한 프로 퍼포머로서 활동하자고 결심했다.

　말을 하지 않고, 공연마다 깔리는 곡과 곡 사이의 간격 을 거의 없애고, 음악의 템포나 멜로디에 맞춰 퍼포먼스의 시작부터 끝까지 약 20분간(현재는 40분) 끊임없이 달려나 간다. 그리고 저글링의 진화를 따라가듯 초보적인 기술에서 응용기술로 서서히 기술의 난이도를 높이는 식으로 구성했 다. 보고 있는 사람은 자기도 모르는 사이에 저글링 기술 발전 역사를 간접 체험하는 것이다. 단순한 발상 같지만 당시엔 아직 아무도 하지 않았던 전혀 새로운 스타일이었다. 물론 음악과 연기의 밸런스나 기술의 액센트적인 부분은 아직 미완성이었다. 이로부터 약 10년에 걸쳐 연구를 거듭해 지금의 퍼포먼스 스타일을 완성했다.

마지막 날은 작은 부분을 바꿔가면서 세 차례의 공연을 모두 성황리에 끝냈다. 그리고 감사하게도 길거리 공연 월드컵의 관객이 뽑는 인기투표에서 1위를 했다. 그 뒤로 2009년까지 길거리 공연 월드컵에 출전했는데(2007년 불참), 프로 퍼포머로서의 지금의 내가 있는 건 틀림없이 이 페스티벌 덕분이다.

다시 요르단에

길거리 공연 월드컵의 영향력은 굉장해서 지방자치단체나 기업, 학교 등의 행사에 많이 나갔다. 어느 대기업의 일본 내 점포를 돌거나 전국 각지의 축제 등에 출연하는 등 2002년 12월부터 2004년 1월까지 약 1년간 47개 도도부현을 전부 돌았다.

돈 이야기가 되고 마는데 당시는 출연료 시세가 10만 엔부터 20만 엔이 당연한 시대였다. 고등학교 3학년 여름방학에만 한 달에 200만 엔을 벌었다. 특수한 경우지만, 대기업의 신제품 홍보 행사에서 3분짜리 퍼포먼스를 두 번 하는 걸로 300만 엔의 출연료를 받은 적도 있다. 그 정도로 길거리 공연 월드컵 인기투표 1위라는 간판은 상당한 무기였다.

당시엔 의뢰받은 많은 일 덕분에 경험치를 확 올릴 수 있었다. 처음에는 여유가 없어서 기술에만 집중해 연출 면에서 소홀했지만, 차츰 관객을 의식할 수 있는 여유가 생겨 기술과 연출의 밸런스도 좋아졌다. 고등학교 2학년 때부터 3학년까지 1년 사이에 이런 경험을 할 수 있었던 것은 정말 돈 이상으로 귀중한 재산이었다.

고3이 되면서 다시 진로를 생각하게 되었다. 스포츠반이라서 반 친구들은 저마다 마지막 시합을 끝내면 은퇴한다. 제아무리 스포츠반이라고 해도 입학 초 "졸업 후에는 프로스포츠 선수가 될 거야!"라고 벼르던 아이들 가운데 졸업 후에도 계속 선수 생활을 할 수 있는 건 3분의 1도 되지 않았고, 대부분 스포츠와 관계없는 대학에 진학하고 싶어 했다.

고3이 된 지 얼마 되지 않았을 무렵 해외에서 일이 들어왔다. 고1 때 갔던 요르단이었다. 이번에도 아멜의 의뢰였다. 4월 중순에 이전과 똑같이 수도 암만으로 날아가 같은 호텔의 레스토랑에서 미팅을 하고 다음 날 공연이라는 예정이었다.

그때는 이미 이라크전이 시작되었고, 요르단의 동쪽에 이라크가 위치해 아랍계와 중동 지역 그리고 이슬람교에 공포심을 느끼던 나는 상당히 겁이 났다. 하지만 오랜만에 아멜을 만날 수 있어서 수락했다.

장시간 이동한 덕분에 호텔에 도착해 침대로 쓰러졌다. 천장에 매달려 있는 빙글빙글 도는 실링팬을 지그시 바라보면서 지난번에 요르단에 왔을 때의 일을 떠올렸다.

'이번에도 같은 호텔이네. 레스토랑에서 먹은 빵 맛있었는데, 오늘도 먹을 수 있겠나? 그러고 보니 9.11 테러 영상 보고 웃는 얼굴로 브이 하던 사람 있었지. 아랍이라든가 중동이라든가 이슬람교라든가 좀 무섭네. 그런데 이라크전은 어떻게 되고 있을까?'

이런저런 생각을 하다가 잠들어 전화벨 소리에 눈을 떴다.

오랜만에 아멜과 재회했다. 전에 만났을 때도 신경 쓰

였는데, 아멜의 양쪽 눈썹이 금방이라도 붙어버릴 거 같았다. 인사를 하면 눈보다도 눈썹에 눈길이 가고 만다.

레스토랑은 빈자리 없이 흥청거렸다. 남몰래 기대했던 빵도 있었다. 기억 그대로의 맛이었다. 식사를 하고 있는데, 조금 전까지 흥청거리던 레스토랑 안의 분위기가 확 달라졌다는 걸 느꼈다. 같이 밥을 먹는 아멜을 포함한 관계자도 무언가를 주목하고 있었다. 모두의 눈길이 닿은 곳에는 텔레비전이 있었다. 이라크전 영상이 나오고 있었는데, 이라크의 수도 바그다드가 공습을 당하는 광경과 당시 대통령이었던 사담 후세인의 동상을 잡아당겨 끌어내리는 모습이 나오고 있었다. 레스토랑에 있는 사람들은 상실감이 어린 표정을 지었고, 개중에는 우는 사람도 있었다.

고등학교 3학년이었던 나한테는 신기한 광경으로 무슨 상황인지 잘 파악이 되지 않았다. 이라크 전쟁에 관한 보도는 일본에서도 자주 봤다. 그걸 보고 위험한 독재자인 후세인 대통령이 없어지는 것은 이라크에도 옆나라인 여기 요르단에도 나쁜 건 아니라고 생각했고, 오히려 아랍과 중동의 평화로 이어지는 큰 한 걸음이라고 생각하고 있었다. 그런데 아무래도 그렇다고는 말할 수 없는 분위기 같았다.

2년 전, 이 레스토랑에서 9.11 동시다발 테러 사건 영상을 본 사람이 기쁘게 승리의 포즈를 하는 것을 보고 무자비한 놈이라고 생각했다. 그러나 냉정하게 생각해 보면 나는 그 사람들에 대해 아무것도 몰랐다. 아랍에 대해서도 중동에 대해서도 그리고 이슬람교에 대해서도 아무것도 몰랐다. 내가 알고 있는 건, 나는 아무것도 모른다는 것뿐이다. 미국이 정의라고 생각하고 있던 건, 어쩌면 나한테 미국이 그저 친숙한 나라였기 때문이었을지도 모른다. 한편, 내가 아랍과 중동, 이슬람교에 대해 아는 것은 부정적인 보도의 부분 일색으로 그 정보를 곧이곧대로 받아들여 전부 부정하고 있었는지도 모른다.

이는 초등학교 때 괴롭힘을 당했던 것과 굉장히 겹친다. 특히 쓰쓰미는 조선인에 대해 잘 모른 채 부모의 정보를 곧이곧대로 받아들여 나란 존재를 부정하고 '적'이라는 생각으로 직결시켰을지도 모른다. 나는 나를 괴롭혔던 주위로부터 받은 '편견'을 아랍과 중동, 이슬람교 사람들에게 품고 있었던 것이다.

아멜에게 내가 품고 있던 편견을 고백했다. 아멜은 고맙다고 했다. 그리고 근방의 중동 국가들이 안고 있는 미국과 러시아와의 관계며 문제를 신중하게 가르쳐주었다. 같이 식사를 했던 관계자 중에는 나중에 신세를 질 팔레스타인의 아마하드(가명)도 있어서 그 자리에서 처음으로 이스라엘과 팔레스타인 문제를 알았다.

일본에 돌아오니 텔레비전에 이라크전에 관한 특집 방송이 방영되고 있었다. 요르단에서 본 영상과 결정적으로 다른 건 이라크 사람들이 기뻐하는 장면이 주로 나왔다는 것이다. 9.11 동시다발 테러 사건에서는 미국의 비극을 슬퍼하는 영상이 이래도 되나 싶을 정도로 나왔던 데 비해, 이라크전에서는 희극처럼 사람들이 환희하는 장면이 잇따라 나왔다. 당연한 일이지만, 떨어진 폭탄 아래에는 무고한 많은 사람이 희생되고 있는데.

이때의 체험은 스스로의 사고방식을 돌이켜볼 수 있는 좋은 기회가 되었다.

기타노 다케시 씨의 조언과 피스 보트의 승선 제안

고교 졸업 후, 고등학교와 같은 재단의 대학에 추천 입학으로 진학했다. 머지않아 방송 출연 제안이 왔다. 〈다케시의 누구나 피카소〉라는 프로그램으로 세계를 무대로 활약하는 젊은이 특집이었다.

스튜디오에서는 먼저 코에 휴대폰을 올려 중심을 잡는 묘기부터 시작해 요요와 디아블로를 선보였다. 그 뒤에 내 소개 영상이 나오고, 내가 던져 올린 디아블로를 배우이자 코미디언인 이마다 코지 씨가 잡는 콜라보 기획도 했다. 긴장했지만 즐겁게 녹화할 수 있었다.

녹화 후, 기타노 다케시(유명 영화 감독이자 배우, 코미디언으로 독설로도 유명하다―옮긴이) 씨와 이야기를 나눌 기회가 있었는데, 이런 말을 들었다.

"대학은 공부 못하는 놈이 가는 데니까, 너는 대학에 가는 것보다 해외로 나가는 게 좋지 않겠냐?"

확실히 대학에 다니는 목적은 딱히 없었기에 다음 날 자퇴서를 제출했다.

텔레비전의 힘은 길거리 공연 월드컵보다도 커서 방송이 끝난 직후부터 홈페이지에 많은 문의와 출연 의뢰 메일이 왔다. 메일을 하나하나 꼼꼼히 확인했다. 정신 차려보니 새벽 1시가 가까웠다. 그만 자자고 생각한 그때 한 통의 메일이 왔다. 내용이 엉성했다. "피스 보트입니다. 승선해주세요"뿐이었다. 장난 메일이라고 생각해 바로 삭제했다.

아침에 일어나 메일 확인을 이어 하는데, 피스 보트란

이름의 의문의 단체에서 다시 메일을 보냈다. 이번에는 "피스 보트는……"으로 시작하는 장문으로 빽빽하게 써 있었다. 어지간히도 긴 메일이라서 전화로 이야기하는 게 빠르다고 생각해 메일을 보낸 사람에게 전화를 걸었다.

"히다카 씨 부탁드립니다."

잠시 기다리자 메일을 보낸 사람이 전화를 건네받았다.

"안녕하세요. 피스 보트의 히다카라고 합니다. 어제 방송 잘 봤습니다."

피스 보트란 단체의 설명과 구체적으로 어떤 활동을 하고 있는지 물었다. 그리고 본론으로 들어갔다.

"피스 보트는 배로 약 100일에 걸쳐 지구를 일주하는데, 저글링으로 선내의 분위기를 띄워주셨으면 합니다."

그런 일이라면 긍정적으로 검토할 만했다.

"100일 동안 전부 배에 타야 하는 건가요?"

"아니요. 게스트는 지구 일주를 통해 기항지 곳곳에서 교대로 승선하므로 승선할 경우 희망하는 기항지에서 합류하고 희망하는 기항지에서 하선합니다."

그렇다면야 하고 흔쾌히 수락했는데, 히다카 씨가 덧붙였다.

"정말 죄송한 말씀입니다만, 왕복 승선비는 피스 보트

가 부담하는 대신 출연료가 없습니다."

그건 난처하다. 다른 데서 출연 의뢰가 쇄도하고 있는데, 피스 보트를 타면 그동안 수입이 없다. 나를 알릴 수 있는 중요한 시기라고 생각했기 때문에 역시 거절하기로 했다. 그러자 히다카 씨도 황급히 여러 가지로 어필했다. 매력적인 이야기였지만 역시 출연료가 없는 이상 수락할 수 없다고 생각했다. 그런데 마지막으로 무척 매력적인 말이 귀에 들어왔다.

"기항지에 따라 다르지만, 슬럼가에 가기도 합니다……."

무슨 말을 들어도 하지 않을 작정이었는데, 여기서 마음이 흔들렸다.

"슬럼가……."

중학교 때 인권 수업에서 남아프리카공화국의 슬럼가에 대해 배운 적이 있다. 강사가 슬라이드로 남아프리카공화국의 상황을 가르쳐주고 마지막에 이렇게 마무리했다.

"남아프리카공화국의 슬럼가에 사는 사람들은 무척 가난하고 불행합니다. 일본에 슬럼가는 없지만, 슬럼가에 비하면 일본은 압도적으로 부유하고 행복한 나라입니다. 여러분은 일본에 태어났다는 것만으로도 승자입니다."

나는 이 말이 계속 의문이었다(우토로는 슬럼가라고 불리는 경우가 있다). 일본에서 태어나면 유복한 걸까? 부유하면 행복한 걸까? 일본에서 태어난 게 승자라면, 남아프리카공화국에서 태어난 건 패자인 걸까?

남아프리카공화국의 슬럼가와 내가 태어난 우토로를 비교하는 건 결코 아니지만, 우리 집은 가난했다. 하지만 경제적으로는 풍족하지 않았어도 불행하다고 생각한 적은 단 한 번도 없다. 그런 가정환경에서도 행복하다고 느낀 적이 무척 많았기 때문이다.

애당초 가난하다거나 불행하다는 것을 사람이 단정 짓는 것 자체가 오만이지만, 그때부터 슬럼가에 갈 기회가 있다면 거기에 가서 생각해 보려고 했다. 그리고 그 기회가 날아든 것이다.

히다카 씨에게 조건부로 전했다.

"남아프리카공화국의 슬럼가에 갈 수 있다면 피스 보트에 승선하겠습니다."

히다카 씨의 대답은 물론 그 즉시 오케이였다.

케냐와 남아프리카공화국의
슬럼가에서

케나의 품바사에서 남아프리카공화국의 케이프타운까지 피스 보트에 타게 되었다. 선내에서의 퍼포먼스는 물론이거니와, 우연인지 필연인지 인권 수업 시간에 들었던 남아프리카공화국 타운십(흑인 거주 지역)의 소웨토 지구에 있는 슬럼가 교류 투어에서도 퍼포먼스를 하기로 했다.

출발 당일. 첫 아프리카행에 가슴이 두근거렸다. 케냐의 품바사에 가려면 수도인 나이로비에 가서 국내선으로 갈아타야 한다. 나이로비에 도착해 입국심사를 받으러 갔다. 심사관이 어느 호텔에 머무는지 물어봤지만, 입국한 그날 중에 배로 다음 기항지로 간다는 게 잘 전달되지 않아 발이 묶이고 말았다. 무슨 까닭인지 독방으로 끌려가 영문도 모른 채 한 시간 정도 지났을 즈음, 이번엔 또 무슨 까닭인지 20달러를 내고 입국 허가가 떨어졌다. 수하물을 찾고 예정보다 오래 시간이 걸린 결과, 시계를 보니 환승해야 할 비행기의 탑승 시간이 5분 정도 지나 있었다.

'이런!!'

국내선 방향을 표시한 표지판에 의지해 발걸음을 재촉

했다. 그러나 어느 정도의 거리인지 몰라 눈앞에 있던 택시 운전사에게 영어로 물었다.

"국내선은 어딘가요?"

택시 운전사는 웃는 얼굴로 답했다.

"국내선까지는 꽤 거리가 있으니까 택시로 가는 편이 좋아요."

'그런가. 뭐 아프리카고, 케냐니까 스케일이 커서 국제 선에서 국내선까지의 거리도 꽤 있겠지.'

너무 급해서 앞뒤를 잴 여유가 없어 돈으로 시간을 조금이라도 단축할 수 있다면 하는 마음으로 택시에 탔다.

"빨리 가주세요."

차가 출발했다. 그런데 꽤 서행이다. 그러고 약 20초 후. 국내선에 도착했다.

'어? 이렇게 가까워?'

택시 운전사가 10달러를 요구했다. "그걸 낼 거 같아!" 라고 말하고 싶었지만, 분란을 일으키고 싶지 않아 10달러를 건넸다.

결국 타려고 한 비행기는 이미 이륙했고, 다음 비행기를 확인하자 3시간 후였다. 위탁 수하물을 부치려고 하자 국제선과 국내선의 룰이 다른지, 나이로비까지는 문제 없었던 중량이 뭄바사까지는 중량 오버라고 해서 추가 요금을 낼 것인지 짐을 줄일 것인지 선택해야 했다. 케냐에 와서 이미 30달러나 써서 더 이상은 안 되겠는 마음에 짐을 줄이고 줄인 양만큼 기내 수하물로 들고 가기로 했다.

문득 비행기를 타지 못했다고 피스 보트에 알려야겠다는 생각이 들어 국제선 터미널로 가서 국제전화로 연락을 했다.

"입국하는 데 엄청 시간이 걸려서 비행기를 못 탔어요. 그래서 3시간 뒤에 출발하는 비행기를 타게 됐는데 괜찮을까요?"

피스 보트의 스태프가 도착 시간과 합류 장소까지의 시간을 계산했다.

"네! 다음 비행기를 타도 늦지 않을 거 같아요! 하지만 시간이 무척 촉박하니까 공항에 도착하면 가급적 서둘러 주세요!"

일단 안심하고 국내선 터미널로 이동해 느긋하게 시간을 보내기로 했다.

국제선과 국내선은 U자형으로 이어져 있었다. U자형의 안쪽은 넓은 주차장이다. 주차장을 가로지르는 게 지름길이라고 생각해 주차장으로 빠져나가기로 했다. 주차장을 걷고 있는데, 등 뒤에 인기척이 느껴졌다. 문득 뒤를 확인하니 키가 큰 흑인 남성 세 명이 걷고 있었다. 처음에는 그다지 신경 쓰이지 않았는데, 거리가 차츰 좁혀지고 있다는 걸 깨달았다.

'따라오는 건가……?'

그 순간이었다. 뒤에서 목이 졸리면서 주차된 차와 차 사이로 끌려 들어갔다. 순식간에 한 명이 멱살을 잡고 차 문에 세게 밀어붙였다. 다른 두 명은 각각 팔을 붙잡았다. 세 사람의 압박으로 옴짝달싹도 할 수 없었다.

눈앞의 남자가 커다란 칼을 꺼내 내 목에 칼날을 댔다.

'망했다! 이제 죽을 일만 남았나!'

주변에는 사람이 없어 절체절명의 위기다.

"니페 페사."

스와힐리어는 인사인 '잠보' 정도밖에 모르지만, 어쨌든 "돈 내놔" 같은 말을 하고 있다는 걸 분위기로 알았다.

삼인조는 스와힐리어로 이야기를 나누더니 나를 에워싼 채 어딘가로 이끌었다. 내 등 뒤에 칼을 들이댄 상태였다. 어두운 남색 자동차 앞까지 끌려갔다. 아무래도 그들의 차 같았다.

여기서부터의 대화는, 나와 칼을 든 남자의 영어 대 스와힐리어의 자의적 해석이다.

"차에 타."

여긴 마라톤에서 금메달리스트를 배출하고 있는 케냐다. 눈앞에 있는 삼인조는 장신에 날렵한 근육질. 도망쳐도 아마 다리로는 이길 수 없을 것이다. 칼에 찔릴지도 몰라서 얌전히 차에 탔다. 10분 정도 달리자 도라에몽에 나올 법한 공터에 도착해 내렸다.

"갖고 있는 거 전부 내놔."

얌전히 가방을 내밀었다. 어쩌면 목숨만은 건질 수 있을지도 모른다.

삼인조가 가방을 뒤지기 시작했다. 지갑과 립밤, 여권과 게임보이 등이 나왔다. 어쨌든 여권만이라도 돌려준다면 나머지는 전부 뺏겨도 괜찮다고 생각했다. 그러고 있는데 아까 중량 오버로 캐리어에서 뺀 볼과 디아블로가 나왔다.

"이거(디아블로) 뭐야."

나는 답했다.

"디아블로야. 나는 프로 퍼포머거든."

"뭐야 그게. 한번 해봐."

볼과 디아블로를 시연했다. 그 순간, 지금까지 험상궂은 얼굴이었던 삼인조는 갑자기 웃는 얼굴이 되었다. 리더인 칼을 들고 있던 남자 하산(가명)이 돌연 영어로 말했다.

"너 끝내주잖아!"

무려 하산은 영어를 유창하게 구사할 수 있었던 것이다.

하산은 흥분해서 말했다.

"우리 동네에 애들이 엄청 많은데, 이걸 본다면 그 녀석들 진짜 좋아할 거야. 지금부터 우리 동네에 가서 애들 앞에서 해보지 않을래?"

놀랐다. 그저 극악한 강도가 아닌가 싶었는데, 무척 좋은 느낌의 형이었다. 물어보니 스무 살이라고 했다. 나보다 한 살 많았다.

다음 비행기 시간까지는 공항에 데려다줄 것을 약속받고, 다시 차를 타고 하산의 동네로 향했다. 공항에서 공터까지는 뒷좌석에서 두 명이 내 양옆에 앉아 꼼짝도 못하게 했었는데, 공터에서 하산의 동네까지는 조수석에 앉는 대접을 받았다.

하산이 말했다.

"우리가 사는 데는 가난한 곳이야. 지방에서도 모여들어서 장사를 하거나, 번화가에서 물건을 팔거나, 길거리에서 음악 등을 연주해 돈을 벌어서 어떻게든 살아가고 있어. 아까 우리한테 보여준 걸 아이들에게 보여주면 정말 좋아할 거야."

하산의 이야기를 듣고 있으니 자연스럽게 아이들에게 저글링을 보여주고 싶다는 마음이 들었다.

"저게 우리 동네야."

도착한 곳은 케냐 최대 규모의 슬럼가로 알려진 '키베라 슬럼'이었다. 고3 때 『콘스탄트 가드너The Constant Gardener』(영화 〈콘스탄트 가드너〉의 원작 소설로 영국 작가 존 르 카레가 케냐를 배경으로 쓴 작품—옮긴이)란 소설을 읽어 존재는 알고 있었지만, 설마 이런 식으로 오게 될 줄은 꿈에도 몰랐다.

슬럼가로 들어가자 하산이 아이들을 모았다. 상상했던 것 이상으로 아이들이 모여들었다. 100명은 가볍게 넘었던 것 같다. 하산의 신호로 저글링을 했다. 볼 3개의 시점에서 아이들은 흥분 상태. 거기서 볼을 하나씩 늘려 마지막에는 7개를 저글링했다. 이 단계에서 아이들부터 어른까지 200명 이상은 모였을 것이다. 그다음에는 특기인 디아블로를 하늘 높이 날렸다. 아이들의 눈이 반짝반짝 빛나고 어른들도 활짝 웃었다.

퍼포먼스가 끝나고 키베라 사람들에게 많은 박수를 받았다. 아이들은 내 손을 잡고 놓지 않았다. 슈퍼맨이 나타났

다고 생각했을지도 모른다. 하산도 만족했는지 아이들의 웃
는 얼굴을 보며 눈물을 글썽이고 있었다.

"슬슬 돌아갈 시간이니까 공항까지 데려다줄게."

차에 타 공항을 향해 출발했다. 아이들이 우리가 보이
지 않을 때까지 손을 흔들며 쫓아왔다.

하산이 말했다.

"나 말이야, 지금은 도둑질한 물건을 팔고 있지만, 어느
정도 돈이 모이면 자립해서 제대로 일할 생각이야. 훌륭한
인간이 되어서 키베라의 아이들이 당연하게 교육을 받을 수
있도록 지원할 수 있는 존재가 되고 싶어. 그게 내 꿈이야."

하산은 나에게 꿈을 이야기했다.

내 꿈은 뭘까? 훌륭한 퍼포머가 되는 거? 애초에 훌륭
하다는 게 뭘까? 나는 퍼포머가 되어 뭘 하고 싶은 걸까?

사람들이 즐거워하면 좋겠다. 사람들이 웃으면 좋겠다.
감동을 나누고 싶다. 물론 그것도 좋을지도 모른다.

하지만 지금까지 저글링이라는 수단으로 퍼포먼스를
했어도 퍼포먼스를 함으로써 무언가 전달하고, 무언가 호소
할 만한 메시지가 없다는 걸 깨달았다. 나는 왜 퍼포먼스를
하는 걸까?

"자기표현"이 아닌 '자기만족'에 그치고 있었다. 본질

적으로 누군가에게 도움이 될 수 있는 나의 꿈이란 뭘까?
아직 찾고 있는 중이지만 그저 퍼포머에 그쳐서는 안 된다.'

이런 생각이 마음속에 싹트기 시작했다.

공항에 도착해 마지막으로 이별의 포옹을 하며 하산은
말했다. "케냐는 위험하니까 조심해서 가"라고. 속으로 '네가
그런 말할 자격이 있냐!'라고 하면서도 진심으로 고마웠다.

뭄바사에 도착해 피스 보트의 스태프와 무사히 합류
했다.

"창행 씨, 잘 오셨어요. 드디어 염원하던 슬럼가에 갈
수 있어요!"

"아뇨. 이미 갔다 왔어요."

배 안에서 퍼포먼스를 하고, 남아프리카공화국 소웨토
지구의 슬럼가에서도 예정대로 퍼포먼스를 할 수 있었다.

슬럼가라고 하면 음침하고 무섭고, 사람도 패기가 없
는 듯한 이미지가 있을지도 모른다. 하지만 (키베라 슬럼의
사람들도 친절했지만) 소웨토 지구의 사람들은 활기가 넘쳤
고 적극적으로 손을 흔들며 호응해주었다. 키베라 슬럼만이
아니라 일본의 어디든 공통적인 것이지만, 퍼포먼스를 보는
아이들의 웃는 얼굴은 보석처럼 반짝인다. 손을 잡거나 안

남아프리카공화국 소웨토 지구에서의 퍼포먼스

아달라고 하거나 아무튼 건강하고 체력이 무한한 것처럼 느껴진다.

중학교 때 인권 수업 시간에 강사가 말한 "슬럼가에 사는 사람들은 가난하고 불행"한가는 남아프리카공화국에서 태어나고 자란 것도 아닌 나로서는 알 수 없고, "일본은 부유하고 행복"한가는 일본에서 태어나 자란 나지만 전혀 모르겠다. 다만 누구든 불행을 느낄 때가 있다면 행복을 느낄 때도 있다는 것은 확실하다.

피스 보트로 돌아갈 때, 소웨토 지구 사람들은 "또 소웨토에 와" "또 저글링 보여줘"라고 했다. 하루뿐이었지만 소웨토 지구에서 다 함께 즐거운 시간을 보내 행복했다. 소웨토 사람들도 그랬다면 더욱 행복한 일이다.

마이클 잭슨을 만나다

미국인 경영 컨설턴트 스티븐 덕분에 같은 해에 다시 남아프리카공화국에 갔다. 아파르트헤이트 철폐 10주년을 축하하는 행사에 출연하기 위해서였다.

행사장에 도착하자 스태프가 무대 뒤로 안내했다. 내 순서까지 시간이 한참 남아서 무대 뒤의 넓은 곳으로 가서 워밍업을 하고 있었다. 디아블로를 하는데, 나이가 지긋한 남성이 가까이 다가왔다. 그는 멈춰 서서 디아블로를 돌리는 나를 웃는 얼굴로 지켜봤다. 시선이 신경 쓰여 일단 디아블로를 멈추고 그를 향해 가볍게 인사했다. 그러자 그는 박수를 치면서 미소 띤 얼굴로 가까이 오더니 내 왼쪽 어깨를 툭툭 힘줘 두드리고 만족스런 얼굴로 무대 옆쪽으로 걸어갔다. 무대 옆에 있던 아이들이 눈을 반짝이며 그 남성에게 악수를 청했다. 아무래도 남아프리카공화국에서는 꽤 유명한 사람 같았다.

행사가 시작해 무대 옆에서 지켜보고 있는데 아까 만난 남성이 연설을 시작했다. 부끄럽게도 그때 처음으로 그 남성의 정체를 알았다. 노벨평화상을 수상한 데스몬드 음필로 투투 대주교였다. 유명인은커녕 엄청나게 위대한 인물이었다.

투투 대주교의 연설이 끝나고 초대 공연 시간이 되었다. 악기를 연주하는 사람, 랩을 하는 사람, 콘토션contortion 같은 춤을 추는 사람. 그리고 내 순서가 되었다. 이름이 불리고 무대 위로 올라갔다.

디아블로를 하는 동안 몇 번 무대 옆에 있는 투투 대주교 쪽을 바라봤는데, 인파로 가득 찬 가운데 무척 눈에 띄는 사람이 있었다. 마이클 잭슨과 똑 닮은 사람이 있었던 것이다.

'마이클 잭슨 흉내 내기 쇼라도 하는 건가?'

이런 생각이 머리를 스치며 퍼포먼스를 무사히 끝냈다. 실수 없이 완벽했다. 어깨를 두드리며 격려해 준 투투 대주교 덕분이었을지도 모른다. 무대에서 내려오자 투투 대주교는 약간 흥분한 모습으로 내 손을 꽉 잡았다. 꽤 억센

손아귀였다. 마이클 잭슨을 똑 닮은 사람도 가까이 왔다. '다음이 흉내 내기 쇼인가?' 하고 생각하고 있는데, 투투 대주교가 말했다.

"이 사람은 슈퍼스타니까 알죠?"

무려 '닮은꼴'이라고 생각했던 마이클 잭슨은 진짜 마이클 잭슨이었다. 이런 말을 하면 어이없어 할지도 모르겠는데, 진짜 마이클 잭슨은 후광이 어마어마해서 오히려 거짓말처럼 보였다.

여기엔 공연하러 온 게 아니라 개인적으로 온 것 같았다. 투투 대주교가 나를 소개해 줘서 '마이클 잭슨이 정말 있구나……' 하고 악수를 했다. 손이 무척 크다는 인상을 받았다. 그 후 투투 대주교와 마이클 잭슨은 스태프의 안내를 받으며 무대 뒤로 사라졌다.

브라질의 슬럼가에서

슬럼가에 대한 관심은 끝나지 않았다.

2005년 봄, 〈시티 오브 갓〉이라는 브라질 영화를 봤다. 남미 최대 규모의 슬럼가, 브라질의 리우데자네이루에 있는 통칭 '파벨라'를 소재로 한 작품이다. 이 영화를 본 뒤, 너무나 충격적이라 한동안 자리에서 움직이지 못했다. 약간 시간이 흐르고 직접 내 눈으로 확인하러 가고 싶다는 충동에 사로잡혔다. 그 충동은 사그라지지 않아 결국 영화의 여운이 식지 않은 채 여름이 오기 전에 리우데자네이루로 날아갔다.

브라질은 포르투갈어를 사용한다. 영어 정도는 통하겠지 했는데, 완전히 번지수를 잘못 짚었다.

'포르투갈어는 오브리가도(고마워)밖에 모르는데……'

파벨라로 가는 방법도 모르는 데다 포르투갈어도 못하면서 도대체 뭘 하러 온 걸까.

우선 영어나 일본어를 할 수 있는 사람을 찾기로 했다. 뭣하면 우리말이라도 괜찮다. 하지만 그렇게 간단히 찾을 수 있을 리도 없고 시간만 흘렀다. 오전 중에 도착했는데 정신을 차려보니 해는 지고 이대로 가다가는 모든 게 물거품이 될 거 같았다.

배가 고파서 밥을 먹으려고 맛있어 보이는 식당을 찾아보았다. 닭요리 식당이 눈에 들어왔다. 가게 앞에 몇 개의 사진이 장식되어 있었다. 얼핏 보니 사장 같은 사람이 일본 축구 국가대표였던 라모스 루이와 함께 찍은 사진이 있었다. 라모스 루이가 왔던 가게라면 틀림없다는 생각에 들어 갔다.

사장은 조금이나마 영어가 통하는 듯해 제일 인기 있는 메뉴를 주문했다. 먹음직스러운 치킨그릴이 나왔다. 먹고 있는데, 나중에 온 아저씨가 포르투갈어로 말을 걸었다. 영문을 몰라 곤혹스러워하고 있는데 뭔가를 가리켰다. 소금이었다. 소금을 집어주길 바랐던 것 같다. 그러더니 영어로 어디서 왔는지 물어보길래 일본의 교토라고 답하자, 소금 아저씨는 억양과 악센트는 어설프지만 문법적으로는 아주 정확한 일본어로 이야기하기 시작했다.

그의 이름은 나카무라(가명). 일본계 브라질인 2세였다. 머리는 헝클어졌고, 왜 그런지 폴로셔츠의 앞쪽만 바지 안에 집어넣었다.

여기서 일본어를 할 수 있는 사람과 만났다. 이 무슨 기적인가. 라모스 루이에게 고마웠다.

"파벨라에 가고 싶은데 어떻게 가면 되나요?"

나카무라 씨는 눈을 동그랗게 뜨고 말했다.

"파벨라는 외지인에게는 특히 위험한 곳이에요. 왜 가려고 하죠?"

사정을 설명하자 나카무라 씨는 이런 제안을 했다.

"파벨라는 하나의 마을이 아니라 파벨라 안에도 여러 마을로 나뉘어져 있어요. 그중 한 곳에 갱단 친구가 있어요. 거기는 파벨라 안에서도 아직 치안이 괜찮은 편이에요. 그 친구라면 소개해 줄 수 있어요."

'갱'이라는 말에 나카무라 씨의 제안을 받아들였다.

다음 날 저녁, 나카무라 씨의 차로 파벨라로 향했다. 현지에서 처음 알았는데, 파벨라는 슬럼가의 이름이 아니라 슬럼가 자체를 의미하는 단어다. 즉, 불법이주자가 모인 파벨라와 거리 자체가 파벨라가 되어버린 경우 등 브라질 곳곳에 파벨라가 존재한다.

나카무라 씨가 왼쪽을 가리키며 말했다.

"이게 리우에서 제일 큰 파벨라에요. 수 킬로미터나 이어지죠. 강도며 살인, 마약 등이 당연한 곳이니까 조심하세요."

파벨라를 눈앞에 두고 부정적인 단어들은 탓인지 새삼스럽지만 주눅이 들기 시작했다. 일단 갱에 대해 물어봤다.

"갱들은 많이 있나요?"

"많아요. 갱이라고 해도 그 세력권을 확실히 관리하고 있으면 비교적 안전하지만, 영역 싸움을 하고 있는 곳은 상당히 위험하죠."

물어보면 물어볼수록 겁이 났지만, 여기까지 와서 되

돌아가는 것도 억울해 조금이나마 마음의 준비를 했다.

"지금부터 가는 곳의 갱들은 어떤가요?"

"지금부터 가는 데는 하나의 갱단이 관리하고 있어서 비교적 안전해요. 참고로 그 친구는 갱단의 간부예요."

'음……. 괜찮을까…….'

목적지에 도착했다. 좁은 길이 복잡하게 얽혀 있고 벽에는 곳곳에 그래피티가 그려져 있었다. 위를 올려다보면 빨래가 여기저기에 걸려 있고, 간혹 작은 가게도 있었다.

"여기 좀 보세요."

나카무라 씨가 가리키는 곳을 보니 작은 구멍 몇 개가 뚫려 있었다.

"이거, 총알 자국이에요."

'……'

좁은 길을 쭉쭉 걸어갔다. 마치 미로 같아서 나카무라 씨와 떨어지면 미아가 될 게 틀림없었다. 무슨 일이 있어도 나카무라 씨와 떨어지지 말아야지. 그러나 몇 분 뒤, 나는 미아가 되고 말았다.

전적으로 내 호기심이 역효과를 내고 만 건데, 도중에 나카무라 씨가 액세서리 등의 소품을 팔고 있는 가게에 들어가 여성과 이야기를 하기 시작했다. 아무래도 잘 아는 사이 같았다. 두 사람의 이야기가 끝날 기미가 보이지 않고, 약간 신경 쓰이던 골목길도 있고 해서 아주 잠깐만 둘러보려고 했다.

1분인가 2분 정도 지나 그 작은 가게로 돌아가니 나카무라 씨가 보이지 않았다. 소품점의 여성이 어느 방향을 가리켰다. 나카무라 씨가 나를 찾으러 갔다는 걸 깨달았다. 그러나 나카무라 씨가 갔다고 하는 쪽으로 가도 나카무라 씨의 모습은 보이지 않고, 길도 꽤 복잡하게 얽혀서 완전히 미아가 되고 말았다.

지금 생각해 보면 소품점에서 기다렸으면 좋았을지도 모른다. 10분 정도 지나 이젠 내가 어디를 걷고 있는지조차 알 수 없게 됐다. 뭔가 기척을 느꼈다. 주변을 둘러보면 아무도 없었지만 어쨌든 인기척이 느껴졌다. 또다시 인기척이 느껴졌을 때 주의 깊게 주변을 둘러봤다. 작은 건물의 그늘 속에서 두 명의 남자가 나를 노려보고 있었다. 불길한 예감이 들어 두 사람으로부터 도망치듯 빨리 걷자 뒤따라왔다. 돌아보니, 두 사람은 반다나로 코와 입을 가리듯 얼굴을 감추고 있었다.

'이거 꽤 위험한 상황이잖아⋯⋯.'

걸어도 걸어도 쫓아오길래 서둘러 골목길로 들어가자

더 위험한 상황에 처하고 말았다. 두 사람의 동료로 보이는, 무려 다섯 명이 맞은편에서 걸어오고 있었다. 완전히 앞뒤를 포위당했다. 심지어 모두 총을 갖고 있고 한 명은 소형 기관총을 들고 있었다. 그대로 갱들에게 둘러싸여 허리에 총구가 들이대진 채 끌려갔다. '아, 이대로 사람들 눈에 띄지 않는 곳에서 총에 맞아 죽는 건가' 하고 체념했다.

그때였다. 나카무라 씨가 나타났다. 영화 같은 전개였다. 나카무라 씨는 이성을 잃은 것처럼 화를 냈지만, 나를 걱정했던 만큼의 애정 표현이었다. 나카무라 씨는 호날두의 레플리카 유니폼을 입은 남자와 함께 등장했는데, 나를 끌고 가던 이들은 그의 부하로 교대로 영역을 순찰하는 중이었다.

수상한 사람은 아니라는 게 받아들여져(실제로는 수상하지만), 나카무라 씨 덕분에 갱들과 파티를 했다. 파티라고 해도 클럽 같은 곳에서 음악을 크게 틀고 춤을 추는 게 아니라, 야외 광장에서 힙합을 적당한 음량으로 틀고 드럼통의 모닥불을 둘러싸고 술을 마시는 것이었다. 나는 19살이었지만 처음으로 술을 마셨다. 총을 갖고 있는 사람이 마시라고 했으니 묵인해주면 좋겠다(일본의 음주 가능 연령은 20세부터이다―옮긴이).

여기서 저글링도 선보였다. 케냐와 남아프리카공화국

때처럼 아이들도 잔뜩 모여들었다. 파티가 시작되고 몇 분 후 갱단의 보스가 등장했다. 보스라는 말이 가진 부정적인 이미지보다는 좋은 리더라는 느낌이었다.

브라질의 빈부 격차는 세계 최대로 알려져 있다. 국민의 절반 이상이 국민평균소득 절반 이하일 정도로 심각하다. 그래서 고급 주택가 바로 앞에 파벨라가 있거나 고급 호텔 옆에 파벨라가 있는 풍경이 드물지 않다.

갱단의 보스가 말한 게 지금도 마음에 남아 있다.

"사실 우리도 폭력은 반대한다. 총보다 연필을 들고 학교에서 공부를 하고 싶지. 재능이 있으면 갱보다 축구 선수가 되고 싶어. 하지만 여기서는 선택지가 한정되어 있지. 아이들은 우리처럼 되지 않았으면 해."

'불우이웃'이란 말을 자주 듣는데, 그 말은 단순히 경제적으로 가난한 사람이 아니라 선택지가 적은 환경에 있는 사람에 대한 것일지도 모른다. 내 퍼포먼스를 봄으로써 그 사람들의 선택지가 조금이라도 늘어난다면, 그보다 기쁜 일은 없을 것이다.

내가 퍼포머로서 목표로 하는 길이 조금씩 보이기 시작했다.

팔레스타인 난민 캠프에서
깨달은 것

　　이스라엘·팔레스타인 문제라는 말을 들어본 적이 있을까? 종교 문제라고 생각하는 사람이 많을지도 모르겠지만, 사실은 그렇게 단순한 말로는 설명하기 어려울 정도로 종교와 정치, 영토와 자원의 문제가 복잡하게 얽혀 있다. 이스라엘·팔레스타인 문제에 관심이 있는 사람은 꼭 전문서를 읽고 공부하는 게 좋다.

　　다시 요르단에 갔을 때 만난 아흐마드의 열망과 엄청난 협조로 2005년 여름에 팔레스타인에서 퍼포먼스를 하는 기회가 찾아왔다. 팔레스타인은 동쪽을 요르단과 접한 서안 지구와 남쪽을 이집트와 접한 가자 지구가 있는데, 서안 지구에 가게 되었다.

　　일본에서 팔레스타인까지는 직항이 없다. 없다고 할까 원래 팔레스타인에는 공항이 없다. 그래서 이스라엘에 입국해 팔레스타인 서안 지구로 향했다.

　　약간 복잡한 이야기지만, 이스라엘과 팔레스타인 쌍방이 '수도'로 주장하는 예루살렘은 사실상 팔레스타인 사람이 살고 있는 동예루살렘(현재는 이스라엘이 실효 지배)과 이스라엘 사람이 살고 있는 서예루살렘으로 나뉘어져 있다.

성지가 있는 구시가는 지리적으로 말하면 동예루살렘에 있지만, 서안 지구나 가자 지구에 사는 팔레스타인 사람은 성지에 가는 게 극히 어렵다. 왜냐하면 구시가는 이스라엘 병사가 총을 들고 경비를 서고 있어 사실상 이스라엘의 지배 아래에 있기 때문이다.

동서로 나뉜 예루살렘은 선과 벽으로 명확하게 구분되어 있지 않다. 동예루살렘에서 쓰이는 언어는 주로 아랍어, 서예루살렘은 주로 히브리어로 동예루살렘과 서예루살렘의 거주자는 일이 아닌 이상 동서를 오가는 일이 기본적으로 없다. 따라서 관광객은 말과 문자의 차이로 동과 서를 판단하는 수밖에 없을 것이다.

이스라엘에 도착해 예루살렘을 지나 약속 장소인 베들레헴으로 향했다. 예루살렘에서 베들레헴까지는 버스로 약 30분 거리다. 참고로, 베들레헴은 구약성경에는 '다윗 마을'이라 하고, 신약성경에는 예수 그리스도의 탄생지로 나온다. 베들레헴에 가까워지면 이스라엘과 팔레스타인을 가르는 거대한 분리벽이 보인다. 사실상 서안 지구는 이스라엘이 건설한 벽으로 포위되어 있고, 팔레스타인 사람은 이 분리벽 안에서 생활하고 있다(가자 지구도 마찬가지다). 그 길게 이어진 커다란 벽을 목격하고 지금도 긴장 상태가 계속되고 있는 것을 실감했다.

버스는 베들레헴(분리벽의 안)에는 들어갈 수 없으므로 정류장에 내린 뒤 걸어서 분리벽을 지나 베들레헴 안으로 들어갔다. 베들레헴의 호텔에 도착해 아흐마드가 알려준 카페에서 이번에 신세를 질 램지(가명)를 만났다.

팔레스타인에는 많은 난민 캠프가 산재해 있다. 주변의 여러 나라로 피난한 사람도 많지만, 국내에서 살 곳을 찾아 난민 캠프로 피난한 사람도 많다. 난민 캠프에서 나고 자란 사람도 있고 3세, 4세도 있다. 2020년에는 5세와 6세도 태어났을 것이다.

팔레스타인에는 지역에 따라서 이스라엘군에 의한 난민 캠프 파괴와 토지·농지 몰수가 일어난다. 이 때문에 팔레스타인 사람 중에는 이스라엘군을 겨냥해 돌을 던지는 등 공격을 하는 사람도 있어서 팔레스타인 사람에 대한 체포나 발포가 빈번하게 벌어지고 있다. 그런 팔레스타인 상황을 듣고 약간 겁이 났지만 다음 날부터 사흘 동안 세 곳의 난민 캠프와 마을에서 퍼포먼스를 하게 되었다.

첫날, 램지와 함께 난민 캠프 A에 갔다. 처음 와 본 난민 캠프였지만 실제로 와보니 상상했던 난민 캠프의 이미지와는 사뭇 달랐다. '캠프'라는 말에서 오는 인상 때문에 텐트를 치고(그런 곳도 있는 듯하다) 생활하지 않을까 했는데, 실제로는 건물이 죽 늘어서 있다. 일반적인 거리의 모습이었다. 상점도 음식점도 있어서 '생활한다'라는 의미로는 충분했다.

공연장에 도착해 리허설을 했다. 퍼포먼스에 쓸 음악을 카세트테이프와 CD, MD로 가져왔지만 기기와 맞지 않는지 전부 에러가 났다. 할 수 없이 갖고 있던 플레이어를 스피커의 외부 입력에 직접 연결했다. 해외 공연에서는 가끔 이런 일이 있다.

아마도 팔레스타인에서 저글링 퍼포먼스는 사상 최초였을 것이다. 사람들은 즐거워했고, 특히 아이들이 엄청나게 흥분했다. 어른의 반응은 나라에 따라 각양각색이지만, 아이들의 반응은 세계 어디를 가도 다르지 않다.

공연이 끝난 뒤 키베라 슬럼, 소웨토 지구, 파벨라에서 그랬던 것처럼 아이들의 영웅이 되었다. 저글링에 도전해보고 싶다는 아이도 많아서 예정한 시간을 약간 연장해 저글링을 가르쳐주었다.

다음 날, 난민 캠프 B로 향하는 차 안에서 램지가 말했다.

"오늘 신문에 창행 씨가 나왔어요."

신문을 보니 아이들에게 디아블로를 가르치고 있는 사진이 큼지막하게 실려 있었다. 기사 내용이 궁금해 물어보니 "마법사가 나타났다"라고 했다. 팔레스타인에서 나는 마법사인 듯하다.

난민 캠프 B에 도착했다. 거리의 모습은 난민 캠프 A와 별반 다르지 않지만, 거리의 모든 벽에 낙서(아트?)와 어떤 메시지 같은 게 아랍 문자로 쓰여 있다. 팔레스타인 깃발도 여기저기에 걸려 있었다. 난민 캠프 A와 너무 다른 분위기에 약간 움츠러든 나를 본 램지가 말했다.

"여기는 이스라엘의 압력이 강한 지역이라서 벽에 주민들의 주의·주장이 쓰여 있어요."

아하. 역시 난민 캠프에 따라 환경과 상황이 전혀 다른 걸 알게 되었다.

공연장에 도착해 리허설을 시작했다. 리허설 중에 어린아이들이 쏘아보거나 소년들이 가운뎃손가락을 세워 시비를 거는 등 치안이 좋지 않은 게 느껴져 꽤 졸아 있는 사이에 공연 시간이 다가왔다.

마법사의 힘이었을까. 험악한 얼굴을 하고 있던 어린아이와 소년들의 얼굴에 순식간에 웃음이 번지고, 퍼포먼스가 끝나자 나는 다시 영웅이 되어 있었다. 기분이 무척 좋았다.

'저글링으로 세계를 평화롭게 하고 싶어!'

둘째 날도 무사히 대성공으로 끝냈고, 마지막 날을 대비해 조금 일찍 잠들었다.

셋째 날. 왠지 어제보다 한결 하늘이 맑게 느껴졌다. 이 느낌은 뭘까? 어쩌면 이스라엘과 팔레스타인 문제가 정말 저글링의 힘으로 해결되지 않을까 하는 생각이 들 정도로 맑은 하늘이었다.

램지와 합류했다. 셋째 날은 난민 캠프가 아니라 마을이었다. 지금까지와 달리 꽤 위험한 지역 근처로 마을 옆에는 난민 캠프가 있다. 그 난민 캠프는 이스라엘군과의 마찰이 빈번하게 일어나고 있는 심각한 곳 중 하나인 듯했다.

마을에 도착했다. 마을이라고 해도 겉보기에는 난민 캠프와 별반 다르지 않았다. 하지만 한 가지 큰 차이가 있었다. 사람들의 패기가 느껴지지 않았다. 건물도 곳곳에서 무너져 내리고 있고 이 마을은 심각한 문제를 안고 있는 것 같았다.

리허설을 도와주던 스태프가 퍼포먼스를 할 때 공연장의 불을 켜지 않아도 괜찮냐고 물어봤다. 아마 원한다면 불을 켜주겠지만 램지에게 이 마을은 전기와 수도 인프라가 제대로 갖춰지지 않았다고 들은 것도 있고, 낮이라 바깥에서 빛이 충분히 들어왔기 때문에 불을 켜지 않고 하기로 했다.

여차저차 마을에서의 퍼포먼스가 시작됐다. 상당히 위험한 지역 근처라는 점에서 난민 캠프 B에서 할 때보다 불안함을 느끼며 했다. 여기서도 아이들의 영웅이 되었고, 3일간 퍼포먼스를 하며 얻은 성취감과 팔레스타인 사람들을 웃게 해주었다는 만족감으로 가슴이 벅찼다.

점점 기분이 무척 좋아졌다.

'저글링으로 세계를 평화롭게 하고 싶어!'

이렇게 생각하며 현지 사람들과 뒤풀이를 하고 있을 때였다.

두두두두두!

펑! 펑!

먼 곳에서 무슨 소리가 들렸다. 그 순간 뒤풀이는 조용해졌다. 나와 램지는 경직됐다.

잠시 후, 마을 사람들이 이끄는 대로 조용히 작은 언덕을 천천히 올라갔다. 언덕 위에서 보니 저 멀리 마을이 보였다. 연기가 피어오르고 있었다.

마을 사람이 램지에게 말하고, 램지가 나한테 전했다.

"저기는 자주 이스라엘의 기습을 받는 마을이에요."

마을 사람은 기습을 받은 마을을 살피던 쌍안경을 램지에게 건넸다. 마을을 살펴본 램지가 동요한 게 분명한 모습으로 말했다.

"몹시 비참한 광경인데, 볼래요?"

주뼛주뼛 쌍안경을 들고 램지가 가리키는 장소를 확인해보니 사람이 쓰러져 있었다.

'어……'

쌍안경 너머에는 머리가 날아가 움직이지 않는 몸이 쓰러져 있었다. 눈동자가 최대한으로 커지는 걸 느끼고, 온몸의 핏기가 가시는 듯한 느낌을 받은 다음 순간이었다. 너무나도 충격적인 광경을 견디지 못하고 속을 게워냈다.

마을 사람의 집으로 가서 안정을 취했다. 걱정이 됐는지 마을의 소년 둘이 찾아왔다. 소년 한 명이 말했다.

"이 나라에서는 어제까지 같이 놀던 친구가 다음 날 죽는 게 그렇게 드문 일이 아니야. 내 친구는 두 달 전에 총에 맞아 죽었어."

눈물이 나왔다. 나는 아무것도 몰랐다.

'저글링으로 세계를 평화롭게 한다.'

그런 건 불가능하다. 마음 한켠에서는 스스로도 잘 알고 있었을 것이다. 당사자의 일상에 무지한 이방인으로 잘 알지도 못하면서 쓸데없이 참견하고, 본질은 외면한 채 저글링을 본 사람들의 웃는 얼굴이나 즐거워하는 모습만 보고 그저 우월감에 젖어 우쭐해져 있었을 뿐이다.

나는 보고 싶은 것만 보고 있었다. 가볍다. 가볍기 그지 없다. 경솔했던 내가 부끄러워졌다.

귀국하는 비행기에서 쌍안경으로 본 광경이 머릿속에 떠올랐다 사라졌다를 반복했다. 케냐에서 팔레스타인까지의 일을 되돌아보며 내가 해야 할 일을 냉정하게 생각해 봤다.

'저글링으로 세계를 평화롭게 하고 싶어.'

이 마음은 거짓이 아니다. 세상 사람들이 안심하고 살 수 있고, 세상 사람들이 대등한 입장에서 만날 수 있는 세상이 되면 좋겠다고 진심으로 바라고 있다. 그게 내가 생각하는 평화다.

다만 너무 큰 꿈을 꾸고 있었다. 자신의 능력과 할 수 있는 것을 완전히 착각하고 있었다. 자기에게 맞는 실현 가능한 꿈을 갖는 게 중요하다. 실력을 기르고, 그에 맞춰 실현 가능한 꿈을 조금씩 키우면 된다.

예술은 '문제 제기'는 할 수 있어도 '문제 해결'은 절대로 할 수 없다. 내가 퍼포머로서 국가와 지역이 안고 있는 문제를 근본적으로 해결하지는 못하더라도, 체험한 것을 알릴 수는 있다. 퍼포먼스라는 표현 수단을 통해 문제 제기를 하는 건 가능하다.

비로소 나의 '역할'이 무엇인지 알게 된 것 같았다. 내가 퍼포머로서 정말 해야 할 일이 보이기 시작했다.

뿌리를 찾아
떠난 여행

한국 편

2004년, 고등학교 졸업과 동시에 예명을 '미스터 마슈'에서 본명인 '김창행'으로 바꿨다(2009년부터 현재의 '창행.'). 서서히 이름이 알려지면서 이름과 국적에 대해 질문하는 사람이 많아졌다. 점점 정체성 갈등으로 고민하는 나날을 보내게 되었다.

"언제 일본에 왔어요?"

"일본 사람이에요? 아니면 한국 사람이에요?"

"매일 김치 먹어요?"

"축구는 일본과 한국 어디를 응원하나요?"

여러 사람으로부터 반복되는 비슷한 질문에 짜증이 났다. 한편으로는 자신 있게 대답하지 못하는 자신을 깨닫고, 그게 정체성의 갈등으로 이어졌던 것이다.

'결국 나는 어디 사람이며 누굴까?'

마침내 폭발해 '다들 나를 분류하려고 해. 나는 좀 더 넓은 세상에서 살아야겠어. 일단 일본에서 나가자. 그리고 스스로 답을 찾아보자'라고 결심했다.

내가 누구인지 알기 위해 그 답을 찾아 여행을 떠나기로 했다. 자신의 뿌리를 더듬어 보면 뭔가 답을 찾을 수 있을지도 모른다.

한국과 북한에 가기로 했다. 군사분계선을 내 눈으로 직접 보고 싶었기에 딱 좋은 기회다. 먼저 한반도의 남쪽 대한민국(이하 한국). 제주도에서 거슬러 올라가 군사분계선이 있는 공동경비구역(이하 JSA)이 목표다. 대구, 울산, 부산, 광주, 전주, 대전, 수원, 인천을 거쳐 서울로.

JSA에는 군이 지정한 여행사의 관광 상품을 통해서만 갈 수 있었다. 사전에 신청한 판문점 투어에 참여했다. 일반적인 한국인은 일정 인원 이상의 단체만 JSA에 들어갈 수 있지만, 한국 국적의 재일코리안은 한국대사관에서 재외국민등록부등본을 발급받으면 들어갈 수 있다(2020년 10월 20일부터 내국인도 개인 견학이 가능해졌다—옮긴이).

투어는 6시간 정도로 복장은 짧은 바지와 미니스커트는 금지이며 샌들은 말할 가치도 없다. 서울에서 버스를 타고 한 시간 정도면 민간인출입통제선(민통선) 구역에 근접하는데 여기서부터 경비가 엄중해진다.

군사분계선을 사이에 두고 남과 북에 저마다 약 2킬로미터가 비무장지대(DMZ)가 있다. 여기서 버스는 일단 정차하고 검문에 의한 여권과 복장 등의 확인이 있다. 그리고 "생명에 관한 어떠한 사태가 일어나도 책임을 묻지 않겠다"

는 서약서에 사인을 해야 한다.

모든 검사를 끝내고 수십 분을 더 달려 염원하던 JSA에 도착했다. 유엔군이 역사와 주의사항을 설명했다. 손가락질 하지 않기, 손 흔들지 않기, 주저앉지 말기 등. 여기서 모든 유엔군은 북한을 '적'이라고 부른다. 적이라는 단어가 나올 때마다 왠지 가슴을 콕콕 찌르는 듯한 느낌을 받았다. 설명 이 끝나고 유엔군을 따라가자 판문점과 군사분계선이 눈앞 에 펼쳐졌다. 북한에도 관광객이 있었다.

충격이었다. 지금까지 책과 텔레비전에서 몇 번이고 군사분계선이 있는 풍경을 봤지만 실제로 있다니 마음 한 구석에서는 믿고 싶지 않았다. 분계선이 '있는 것 같다'에서 '있다'로 바뀌는 순간이었다.

저 특별할 거 없는 콘크리트가 한민족을 반세기 넘게 갈라놓은 경계선인가.

'국경'이 아닌 '경계선'.

'종전'이 아닌 '휴전'.

남과 북의 국가는 서로 등을 돌리고, 남과 북의 병사는 서로 노려보고 있다. 이런 상태가 반세기 넘게 계속되고 있 다니…….

돌아가기 직전 사천강 강가에 놓인 다리가 보였다. 통

칭 '돌아오지 않는 다리'다. 돌아오지 않는 다리는 1953년 한국전쟁 휴전 후 전쟁포로 교환이 이루어진, 남북분단을 상징하는 장소의 하나다. 석방된 포로들은 다리 위에서 남과 북 어느 쪽으로 갈 것인지 결정해야 했고, 한 번 선택하면 돌이킬 수 없었다.

가이드는 "이 한국전쟁은 소비에트연방과 미국의 싸움을 우리 민족이 대신한 것"이라고 감정적으로 말했다. 할아버지와 할머니 역시 군사분계선 때문에 괴로워하고 있는 걸 생각하니 서글퍼졌다.

'누가 조국을 갈라놓았을까?'

더 포크 크루세이더스The Folk Crusaders(1960년대 후반에 활동한 일본의 포크송 그룹으로 교토의 재일조선인들이 부르던 〈임진강〉의 가사를 일본어로 번안해 불렀다─옮긴이)의 〈임진강〉이란 노래에도 나오지만, 새는 자유롭게 오가는데 사람은 왜 자유롭게 오갈 수 없을까? 이날만큼 통감한 적이 없다.

북한 편

한국에서 돌아온 지 약 2개월 후. 태어나 처음으로 북한에 가보기로 했다. 개인적으로 북한에 가는 경우, 북한 여행 전문 여행사를 이용하는 게 일반적이다. 그러면 중국의 베이징에서 비행기로 평양에 갈 수 있지만, 나는 중국의 단둥에서 열차로 평양까지 가고 싶었기 때문에 중국 여행사를 이용했다. 열차로 북한에 가는 데 특별한 이유는 없었고, 굳이 말하자면 비행기보다 열차로 가는 편이 재밌을 거 같았기 때문이다.

간사이국제공항에서 중국의 다롄으로 가서 다롄에서 버스를 타고 단둥으로 향했다. 다롄에서 단둥까지는 버스로 4시간 정도로 엄청나게 멀게 느껴졌다. 지금은 고속철도가 다니고 있어서 가벼운 마음으로 갈 수 있게 되었다.

저녁에 도착해 단둥에서 하룻밤 묵었다. 단둥은 북한과 압록강을 사이에 두고 있는 곳으로 한족과 만주족 등 다민족이 살고 있다. 조선족도 많이 살고 있어서 가는 곳마다 한글로 표기된 간판과 표지가 있고 한국 식당도 많았다. 조선족 학교도 있어서 단둥 거리를 조금 걷는 것만으로도 조선족 문화를 느낄 수 있다.

모처럼 단둥에 왔으니 압록강 산책을 했다. 국경이기도 해서 북한의 국기와 기념품 가게도 많이 볼 수 있다. 상상을 초월할 정도로 곳곳에 한국 식당과 북한 식당이 있어서 저녁을 어디서 먹어야 할지 망설였다. 한참 둘러보다가 한국요리와 일본요리를 다 하는 음식점을 발견해 궁금한 마음에 들어갔다.

부부가 운영하는 음식점으로, 사장은 한족이고 부인은 일본인이었다. 게다가 주방장은 조선족으로 한국요리와 일본요리 외에 중화요리도 가능한 꽤 재미있는 곳이었다. 좀처럼 없는 기회라 냉면, 튀김, 볶음밥 등 3개국의 요리를 하나씩 시켰다. 이상한 방식으로 주문한 손님이 신기했는지 풍채 좋은 대머리 왕 씨가 말을 걸었다. 하지만 나한테 중국어가 통할 리가 없어 부인인 카오리 씨에게 도움을 청했다. 왕 씨가 카오리 씨에게 말하면 카오리 씨가 통역해주었다.

"혼자서 많이 드시네요. 관광으로 오셨습니까?"

한국에서 판문점에 갔던 것을 이야기하고, 다음에는 북한에서 판문점에 갈 거라고 했다. 테이블 위에 있던 서류 중 여권을 본 왕 씨는 이상하다는 표정을 하고 재차 카오리 씨에게 길게 뭔가를 이야기했다.

"일본어를 해서 일본인이라고 생각했습니다. 한국인이네요. 한국인인데 어떻게 북한에 갑니까?"

나는 재일코리안에 대해 설명했다. 한국에서 태어난 한국인은 원칙적으로 북한에 갈 수 없다. 가려고 한다면, 이산가족 상봉 행사거나, 민간 차원에서 교류를 희망할 경우에는 엄격한 규제가 있지만 남북간의 승인을 받아 북한에 가는 게 가능하다. 재일코리안은 일본에서 태어났기 때문에 한국 국적을 취득해도 한국 정부가 부여하는 주민등록번호가 없다(2015년 1월 22일 재외국민 주민등록제도 시행으로 주민등록 및 주민등록증 발급이 가능해졌다—옮긴이). 그래서 북한은 재일코리안을 재외동포로 받아들여 입국이 가능하다. 한국에서 태어난 한국인은 단체가 아닌 개인으로는 판문점에 가는 게 안 되지만, 재일코리안은 재외동포로서 유엔군의 초청객 자격으로 개인 방문이 가능한 것과 비슷하다. 어느 쪽이든, 일반적으로 재일코리안은 한국 국민도 아니면서 북한 국민도 아니라는 대접을 받는 것이다.

주방장인 이 씨도 흥미가 생겼는지 왕 씨와 이 씨는 애초에 왜 판문점에 가려고 하는지 물었다. 나는 우토로와 집단 괴롭힘(민족 차별)을 당했던 것, 그리고 지금 정체성 갈등으로 괴로워하고 있다는 것을 이야기하고 그 답을 찾기 위해 뿌리를 찾는 여행을 하고 있다고 했다. 왕 씨는 진지한 눈빛으로 말했다.

"훌륭해요. 이 여행으로 당신이 구하는 답과 마음 둘 곳을 찾을 수 있을지 어떨지는 모르겠지만, 어쨌든 행동하는 건 정말 훌륭한 일이에요. 내 친구 중에는 북한 사람도 많고 조선족도 많아요. 단둥에 돌아오면 한 번 더 우리 가게에 와서 어떻게 됐는지 이야기를 들려주세요. 환영할게요."

단둥으로 돌아오는 날을 알려주고, 꼭 다시 오겠다고 약속한 뒤 호텔로 돌아갔다.

다음 날 아침, 집합 장소인 단둥역에서 여행사 직원과 투어 참가자와 합류해 북한 비자와 열차표를 받아 단둥역에서 출국 심사를 거쳐 출발했다. 10분이 조금 지나 신의주역에 도착해 입국 수속과 짐 검사를 받았다.

모든 국적에 동일하게 적용되는지는 모르겠지만, 내가 아는 한 한국 국적의 재일코리안과 일본인은 입국할 때 북한 비자에 입국 도장이 찍히고, 여권 자체에는 도장을 찍지 않는다. 따라서 여권에는 북한에 갔다는 흔적이 전혀 남지 않는다.

모든 승객의 입국 수속이 끝나 열차는 평양을 향해 다시 달리기 시작했다. 평양까지는 약 10시간이 걸렸다. 차창으로 북한의 풍경을 바라봤다.

'이게 한반도의 북쪽인가.'

한국에서는 판문점을 향해 고속버스를 타고 북상했는데, 이번에는 열차를 타고 남하하고 있다. 한국도 북한도 도시에서 멀어지면 풍경은 별로 다르지 않다.

피로가 쌓였는지 잠들어버렸다. 도중에 눈을 뜨긴 했지만 그대로 두세 번 다시 잠들어버려 완전히 잠이 깼을 때는 평양역에 도착하기 직전이었다. 풍경을 보고 싶었는데, 아쉬웠다.

평양역에 도착해 놀란 건 처음 한국에 갔을 때의 기분이 되살아났다는 것이다. 처음 온 것 같지 않았다. 사람들은 옛날부터 알고 있는 사람 같았고, 글자도 말도 어딘가 그리움이 서려 있었다. 외증조할머니의 고향은 평양이다. 이 평양 땅에서 외증조할머니가 숨쉬고 있었다는 것을 생각하는 것만으로도 감회가 깊었다.

평양역에서 북한의 가이드가 합류했다. 북한에 가면 기본적으로 가이드와 함께 움직인다. 그래서 가보고 싶은 곳을 미리 전할 필요가 있다. 3일 동안 만경대, 김일성 광장, 주체사상탑, 만수대 기념비, 조국통일3대헌장기념탑, 백두산 등을 돌고 4일차에 드디어 염원하던 판문점이다.

호텔에서 조식을 먹고 로비에서 가이드와 합류해 다른 희망자와 버스에 타고 판문점으로 향했다. 판문점까지는 평양에서 약 2시간. 판문점에 도착하자 군인이 한국전쟁의 역사를 가르쳐주었다. 참고로 북한에서는 한국전쟁을 '조국해

방전쟁'이라고 한다. 역사 공부를 끝내고 다시 버스에 올라 경계선 근처까지 이동한다. DMZ는 철망이 쳐져 있는데 남쪽의 유엔군이 쳐들어왔을 때를 가정하고 길을 막으려는 장치가 곳곳에 있다. 남쪽에도 비슷한 것이 있었다.

드디어 판문점의 경계선 부근에 도착했다. 북쪽에서 보는 경계선은 어떤 느낌일까.

남쪽과 똑같이 군인이 안내를 해주었지만, 남쪽과는 달리 웃는 얼굴로 안내해 주었다. 남쪽에서 느꼈던 긴장감은 북쪽에서는 그다지 느끼지 못했다. 정말 전쟁 중인 걸까 하는 의심이 들 정도였다.

북쪽에서 남쪽을 바라보자 '바로 두 달 전에 저기에 있었지' 하고 이상한 생각이 들면서도 '왜 같은 민족끼리 노려보고 있는 걸까?' '왜 자유롭게 오갈 수 없는 걸까?'라는 의문밖에 들지 않았다.

북쪽의 판문점에 와서 무엇보다 인상 깊었던 것은, 남쪽의 유엔군은 "북은 적이다. 적의 위협으로부터 나라를 지켜야 한다"라는 입장이었던 것에 비해, 북쪽의 인민군은 "남쪽의 동포를 위해 자주적으로 통일을 해야 한다"라는 입장이었다. 남쪽의 한국인에 대해서는 '적'이라기보다는 '같은 민족'이라는 인식일 것이다. 단, 미국에 대해서는 확실히

'적'이라고 말하고 '한반도에서 악마의 사상인 자본주의를 몰아내는 것이 한반도의 평화로 이어진다'라는 생각이 엿보였다. 미소의 냉전이 한반도에 초래한 역사의 무게와 현재의 복잡성을 느꼈다.

개성 관광을 하고 다시 평양으로 돌아갔다. 하룻밤 자고 다음 날 열차로 단둥으로 향했다. 열차 차창으로 북쪽의 대지를 바라보며 언젠가 북한에서 공연을 하고 싶다는 생각을 했다.

예정대로 단둥에 도착해 그날 밤에 왕 씨를 만나러 갔다. 왕 씨는 반갑게 맞아주었다. 왕 씨의 조선족 친구도 달려와서 술을 마시며 여행 이야기로 떠들썩했다. 의외라면 의외이고 당연하다고 하면 당연한 이야기지만, 모두 북한 이야기보다 한국 이야기에 흥미를 보였다. 단둥은 북한과 국경을 접하고 있다. 북한에서도 예사로 사람이 오니 여기서는 한국인이 드물 것이다.

여행 이야기가 끝나자 다음 화제는 재일코리안이었다. "이름은 왜 두 개야?" "국적은 어떻게 되는 건가?" 등의 질문에 대답하는데 왕 씨가 말했다.

"모처럼 남과 북 모두 갔고 여기 단둥의 조선족도 만났으니까 사할린의 조선인도 만나러 가는 게 어때요?"

나는 사할린의 위치조차 몰랐다. 사할린에 사는 조선인의 존재를 알게 되어서, 계획에 없었지만 사할린에 가기로 했다.

김정은이 말을 걸다

사할린 이야기를 하기 전에, 실은 이후에도 북한에 공연을 하러 두 번 갔으니 그 이야기를 해두겠다.

2012년 4월의 일이다. 김일성 주석 탄생 100주년을 축하하는 식전에 초대받아 평양학생소년예술단 앞에서 10분간 저글링을 했다. 아마 남과 북 양쪽에서 공연을 한 재일코리안 아티스트는 그리 많지 않을 것이다.

평양학생소년예술단은 노래와 춤, 악기에 뛰어난 재능을 보이는 단체다. 당연하지만 예술적 수준은 예사롭지 않게 뛰어나다(예전에 일본에서도 공연했다). 보통 내가 그들의 무대를 보는 쪽이었을 텐데, 내 무대를 선보이게 되다니 무척 놀라운 일이었다.

나는 어느 나라에서든 변함없는 구성으로 퍼포먼스를 하는데, 북한에서는 딱 한 가지 바꾼 게 있다. 북한 내에서는 미국 음악, 영어 가사를 트는 것이 기본적으로 금지되어 있다. 물론 극장도 마찬가지다. 디아블로 퍼포먼스의 음악이 가든 에덴의 〈레몬 트리〉였는데, 사전 미팅에서 담당자가 면목 없다는 듯 〈레몬 트리〉 대신 예술단의 오리지널 곡을 써달라고 했다. 담당자는 무엇보다 아이들이 즉흥으로 연주한다고 했지만, 그렇게 되면 아이들이 내 퍼포먼스를 볼 수 없게 되니 주객전도였다. 로마에서는 로마법을 따르라. 결국 대안이라는 오리지널 곡 몇 개를 듣고 그중에서 빠른 박자에 기복이 있는 곡을 골라 바꿔 넣었다.

드디어 본무대. 국립극장은 오페라도 가능한 대형 공연장으로 아이들은 모두 눈을 반짝이며 저글링을 봤다. 퍼포먼스가 끝나자 아이들이 기뻐하면서 달려와주었다. 아무래도 대부분의 아이가 요요를 몰랐던 것 같아서 그 설명을 하기도 했다.

공연장에는 2010년 몬테카를로 국제 서커스 페스티벌에서 알게 된 평양서커스단의 단장도 왔는데, 농담인지 진담인지 모르겠지만 "우리 서커스단에서 저글러를 키우고 싶으니까 코치로 평양에 살지 않겠어요?"라고 했다. 단장의 제안은 정중히 거절했다.

다음 날, 재일코리안이 운영하는 식당에서 친목회가

열렸다. 앞 테이블에 앉은 가이드와 노동당 간부가 "당신, 저글러지? 영상으로 봤어요"라며 말을 걸었다. 가이드와 노동당 간부 사이에서 내 퍼포먼스 동영상이 돌고 있는 듯했다. 친목회에서 "또 평양에서 해주세요"라는 말을 들었다.

그리고 같은 해 10월에 중국의 중개업자를 통해 다시 평양에 갔다. 30분간의 퍼포먼스를 성황리에 마치고 의외의 인물과 만났다. 무대 뒤로 가니 노동당 간부가 있었는데 따라오라고 했다. 옆에 있는 응접실로 불려간 지 몇 분 뒤에 무려 김정일 총서기의 셋째 아들로 당 위원장이 된 김정은이 나타났다. 제3대 최고지도자다.

'앗!?'

갑작스런 등장. 그때 든 생각은 마이클 잭슨을 만났을 때와 마찬가지로 '정말로 있구나……'였다.

김정은이 말을 걸었다.

나는 틀림없이 "우리 동포여!" "민족의 보물이여!" 같은 말을 할 거라고 예상했는데, 그의 입에서 나온 것은 "저런 기술은 나도 할 수 있는 겁니까?"였다.

나는 답했다.

"네. 매일 조금씩 연습한다면, 반드시 할 수 있습니다."

마지막으로 악수를 하고 헤어졌다. 30초 정도였다.

사할린 편

일본으로 돌아오고 몇 주 후에 러시아 유즈노사할린스크로 날아갔다. 거기서 사할린으로 가기 위해서다. 사할린의 존재를 안 지 얼마 되지 않아서 사할린에 대해 아무것도 몰랐다. 아무튼 사할린의 거리를 걸으며 조선인을 찾아보기로 했다.

사할린에 사는 조선인은 재사할린 코리안, 재사할린 조선인, 재사할린 한국인, 한인 등 다양한 명칭이 있다. 하지만 내가 만난 이들은 한반도 분단 이전 남쪽 출신이 대부분이므로 한인이라고 하겠다.

사할린에 와서 제일 처음 놀란 건, 아무튼 일본 자동차가 많다는 것이다. 대부분의 차가 핸들이 오른쪽인 일본 자동차. 아마 중고차가 유통되고 있었을 것이다. 우측통행인데 우측 핸들이라서 신기한 풍경이었다(불편할 거 같다).

점심때 사할린에 도착했지만 한인 같은 사람은 전혀 보이지 않고, 정신을 차려보니 4시간 가까이 찾아다니고 있었다. 내 인내심에도 놀랐지만, 아침부터 아무것도 먹지 않아 허기와 피로를 이기지 못하고 카페에 들어가 쉬기로 했다.

러시아어를 전혀 읽을 수 없어서 일단 그리 좋아하진

않지만 커피를 주문했다. 카페 2층 창가에서 사할린 거리를 무심히 바라보는데 눈에 익은 광경이 들어왔다. 카페 맞은편 건물의 한 공간에서 한복을 입은 여성들이 조선무용을 하고 있었다. 한 모금만 마신 커피를 두고 서둘러 맞은편 건물로 향했다.

건물에 들어가자 귀에 익은 조선 음악이 들렸다. 여성들이 있는 방으로 향했다. 창문으로 화려한 춤사위가 보였다(지금 생각해보면 불법 침입+엿보기다). 춤추는 걸 잠시 보고 있는데, 뒤에서 누군가가 러시아어로 말을 걸었다.

"쉬또 띠 젤라예쉬."

놀라서 뒤돌아보니, 겉모습은 동아시아계에 머리카락은 곱슬곱슬한, 어딘가 그리움이 느껴지는 할머니가 서 있었다.

'러시아어는 스파시바(고마워요)밖에 모르는데.'

엿보고 있었다는 게 마음에 걸려 주뼛거리고 있는데, 할머니가 우리말로 다시 말을 걸었다.

"뭐해?"

갑자기 우리말이 나와서 놀랐지만, 나도 우리말로 답했다.

"저는 오늘 일본에서 왔어요. 우연히 조선무용이 눈에 들어와서……."

그러자 할머니는 내 눈을 지그시 바라보면서 일본어로 말했다.

"니 재일조선인이가?"

깜짝 놀랐다. 러시아어에서 우리말, 그다음에는 우리말에서 일본어다. 심지어 간사이 사투리. 게다가 믿기지 않을 정도로 유창하다. 들어보면, 옛날에 오사카에 살았던 것 같다.

할머니에게 사할린에 온 이유를 설명하고, 왜 여성들이 여기서 조선무용을 하고 있는지 물었다. 다음 날 한인이 모이는 행사가 있는지 거기서 발표하기 위해 연습하고 있다고 했다. 또, 건물의 다른 층에서는 합창이며 악기도 연습하고 있는 것 같았다.

할머니가 말했다.

"모처럼 일본에서 왔으니까 내일 행사에 오면 좋겠네."

신기했다. 조선 사람들끼리 러시아에서 일본어로 이야기하고 있다니. 게다가 간사이 사투리다. 이 이상하기 짝이 없는 상황에 당혹감을 감출 수 없었다. 그렇게 어리둥절하게 있는 나를 흘깃 본 할머니가 말했다.

"오늘 잘 데는 있나?"

실은 사할린에 와서 숙소를 찾으려고 했기 때문에 결정된 곳은 없었다.

할머니는 미소 지으며 말했다.

"맞나! 자, 우리 집에서 자도 된다! 사양하지 말고!"

호텔에 묵는 것보다 절대적으로 할머니네가 재미있을 거 같았다. 무엇보다 이 만남에 운명적인 것을 느꼈기에 사양하지 않기로 했다.

박 할머니의 집은 한인이 많이 살고 있는 아파트로, 대다수의 주민이 다음 날 행사에 참가한다고 했다. 집에 들어가자마자 박 할머니가 밥 먹었냐고 물었다. 사할린에 도착해 먹은 건 커피 한 모금뿐이라 몹시 허기진 상태였다.

"많이 배고파요."

우리말로 말하자 박 할머니는 "조선어 잘하네. 알았다. 많이 만들어줄게"라고 기쁜 듯이 말했다.

테이블 위에 조선 요리가 잔뜩 차려졌다. 김치를 한 입 먹고 몸에 엄청난 양의 전기가 통하는 것 같은 충격을 받았다. 할머니가 만든 김치 맛과 무척 비슷했기 때문이다. 입에 넣었을 때의 단맛과 그 후에 오는 매운맛. 그리고 마지막에 오는 단맛과 매운맛이 어우러지는 뒷맛까지 처음부터 끝까지 할머니가 만든 김치와 무척 비슷했다. 너무나도 그리운 맛에 입맛이 당겼다. 박 할머니는 맛있게 먹는 나를 마치 손자를 보는 것처럼 흐뭇한 미소를 지으며 조용히 바라봤다.

다른 음식을 먹으면 박 할머니는 "맛있나? 먹을 만하나?"라고 물었다. 나는 맛있다는 마음을 열심히 전했다. 다 먹고 나자 "자, 치울 테니까 씻어라"라고 말하고 박 할머니는 설거지를 시작했다. 도우려고 하자 "남자는 부엌에 들어오면 안 돼"라며 야단을 맞았다.

샤워를 하며 생각했다. 한국도, 염원하던 북한에도 갔다. 단둥의 조선족도 만났고, 계획에 없었지만 이렇게 사할린의 한인도 만났다. 그런데 여행의 목적이었던 내가 찾는 답 같은 건 전혀 찾지 못하고 있었다.

샤워를 마치고 나오자, 테이블 위 접시에 사과가 있었다. 박 할머니와 함께 먹으면서 궁금한 걸 물어봤다.

"왜 사할린에 계시는지 가르쳐주실 수 있어요?"

한순간 박 할머니는 어두운 표정을 지었지만 "그래"라고 말하고 일어섰다. 냉장고에서 막걸리가 든 주전자를 꺼내서 "받아라" 하고 금속으로 된 잔을 내밀었다.

할머니가 무지한 젊은이에게 말했다.

"러일전쟁 들어봤나? 들어본 적 있겠지만 러일전쟁에서 일본이 이겼고 사할린 남쪽은 일본 땅이 됐지. 나는 우리나라가 일본의 식민지였을 때 일본으로 건너가 남편을 만났는데 돈 벌러 가는 남편 따라 사할린에 왔데이. 그때부터 중일전쟁이며 세계대전으로 우리나라랑 일본에서 많은 사람이 사할린으로 보내졌지. 일본이 전쟁에서 지고 그 후에 일본인 철수가 시작되면서 다들 돌아가데. 조선인은 그때 이미 일본인이 아니었으니까 갈 수 없었지. 우리나라가 우찌 해줄 거라고 생각했지만 우리나라가 갈라지고, 내 고향은 남쪽의 지방인데 한국은 반공이라 러시아(소련)랑 관계가 없어서 돌아가지 못했다. 그때부터 사할린에서 살 수밖에 없었지."

상상도 할 수 없는 시대의 이야기다.

일본이 패전하기 며칠 전, 소련은 북위 50도선을 넘어 남사할린을 침공했다. 전투는 포츠담선언 수락 후 8월 15일이 지나서도 계속됐다. 남사할린 전체가 대혼란에 빠졌다. 그런 대혼란 속에서 "조선인은 소련의 스파이다" "조선인이 일본인에게 복수하고 있다" 같은 소문도 돌고, 조선인학살 사건(미즈호 사건·카미시스카 사건)도 일어났다. 이런 상황 아래 박 할머니의 남편은 '사할린 전투'(1905)에서 민간인으로 희생당했다. 남편은 일본인이었다.

"아이를 갖고 싶었지. 하지만 그런 지옥 같은 시대에 아이라니……. 몇 번이고 그 사람의 뒤를 따라 죽으려고 했지만 부모를 잃은 아이들도 있고……. 그래서 적어도 아이들을 위해 살자고 생각해서…….”

박 할머니는 눈물을 흘리며 지난날을 이야기해 주었다.

박 할머니에게 나라와 고향에 대해 물었다.

“할머니는 한국을 어떻게 생각하세요? 고향에 돌아가고 싶으세요?”

그러자 박 할머니는 약간 화난 어조로 말했다.

“한국이란 나라가 우리한테 뭘 해줬다고!”

박 할머니의 말에서 우리 할머니의 “니! 남북분단을 인정하는 거가!”와 비슷한 분노의 열기를 느꼈다.

잠시 침묵의 시간이 흐르고 박 할머니는 코를 훌쩍이며 웃는 얼굴로 말했다.

“큰소리 내서 미안하다. 그야 고향에 돌아가고 싶은 마음은 지금도 있지. 하지만 이제는 여기가 나한테는 제3의 고향이고. 우리나라, 일본, 러시아. 고향이 세 개나 있다니 대단하지 않나? 아이들도 같이 나이를 먹고 가족이나 마찬가지라서, 시간은 걸렸지만 나는 지금 행복해.”

눈물이 나는 걸 참았다. 그걸 눈치챘는지 박 할머니는 손뼉을 한 번 치며 말했다.

“자! 옛날이야기는 여기까지. 이제 자자.”

다음 날 아침. 칼질 소리에 눈을 떴다. 왠지 우토로 생각이 났다. 아침을 먹고 행사장으로 갔다. 행사장에는 많은 한인이 모여 있고 우리말과 러시아어가 난무했다. 노점상도 있고, 조선 요리와 러시아 요리가 즐비했다.

"모처럼 왔으니까 앞자리에 앉아서 사람들이 공연하는 거 구경이나 해라."

박 할머니가 말한 대로 무대 앞 특등석에 앉았다. 드디어 공연이 시작됐다. 무대에는 아이들의 합창, 여성들의 조선무용, 노래와 악기 연주 등이 차례차례 열렸다. 여기서 나한테 예상치 못한 일이 일어났다. 몸이 조금씩 떨리더니 어느샌가 눈물을 흘리고 있었다.

솔직히 노래나 춤이 빼어나다고는 할 수 없었다. 왜냐하면 일본의 조선학교에서는 조선의 노래와 춤을 수업과 동아리 활동으로 하고 있어서 무척 잘한다. 사할린에도 예전에는 민족학교가 있었던 것 같지만, 없어진 뒤로는 조선인들이 자발적으로 모여 1세와 2세가 역사와 문화를 열심히 가르쳤다고 한다.

재일코리안과 한인을 비교하자면(비교하는 것 자체가 넌센스지만), 기술적으로는 압도적으로 재일코리안이 뛰어나다. 그런데 왠지 한인들의 무대는 내 가슴을 뭉클하게 했다.

필시 잘한다 못한다와 관계없이 1세들이 자신들의 역사와 문화를 아이들에게 열심히 전했고, 그 순수한 마음이 표현과 정열로 전해져 감동했을 것이다. 진정한 열정을 느낀 것이다.

모든 무대가 끝나고 한동안 자리에서 일어나지 못했다. 머리는 완전히 과부하 상태로 이 이상 무언가를 넣으면 터질 것 같았다. 가만히 앉아 있는 나에게 박 할머니가 다가왔다.

"좀처럼 없는 기회니까 환영회 해줄게. 음식도 준비했으니까 이따가 저쪽 방으로 온나."

박 할머니는 먼저 방으로 들어갔다.

잠시 후, 간신히 머리와 마음을 정리하고 할머니가 말한 방으로 갔다. 들어가니 열 명 정도의 한인이 반겨주었다. 그중 금발에 눈은 파랗고 얼굴은 동아시아계의 젊은 여성이 있었다. 눈이 마주치자 그녀가 "안녕하세요"라고 우리말로 인사했다.

지금까지 한국, 북한, 단둥에서 만난 코리안은 익숙한 용모의 동아시아계 사람들이었다. 그런데 이 여성의 외모는 하프, 더블, 믹스 여러 표현이 있지만 완전히 예상 밖이었다. 그녀에게 관심이 생겨 물어봤다.

"너는 자기를 코리안과 러시안 어느 쪽이라고 생각해?"

이 질문을 한 순간 머리를 세게 맞은 듯한 충격을 받았다. 나는 내가 받았던 싫은 질문을 그녀에게 해버린 것이다. 그런 질문을 받는 게 우울해서 일본을 떠나려고 했었는데. 분류당하는 게 정말 싫어서 일본 밖으로 나가려고 했었는데.

그게 어느샌가 '자신의 뿌리를 찾는 여행'이라는 이름이 붙었고, 멋지게 일본 바깥에서 답을 찾으려 했지만 실은 그저 도망쳤던 것뿐이라는 것을 깨달았다.

지금까지 그런 질문을 받으면서 많이 고민했고, 상처를 받았다. 그러나 동시에 스스로도 답을 모른다는 게 답답했다. 질문한 사람에 대한 분노보다는 답하지 못하는 자신에게 화가 나 있었음을 깨달았다. 모르고 있는 자신의 문제를 남 탓으로 돌리고 자기합리화를 해왔던 것이다. 얼마나 비겁한 인간인가.

분류당하는 게 싫었으면서 다른 사람을 분류하려고 했던 것이다. 반성할 따름이다. 무례와 실수의 반복이다.

그녀는 답했다.

"러시아 사람이야. 하지만 코리안의 피도 흐르기 때문

에 코리안일지도."

어젯밤에 들었던 박 할머니의 이야기와 그녀의 말에 어떤 큰 힌트를 얻었다.

지금까지 '김창행'과 '오카모토 마사유키' 어느 쪽이 진짜 내 이름일까 생각하고 있었다. 자기자신을 어느 한쪽에 끼워맞추려고 하고 있었다.

나는 지금까지 '일본' '한국' '북한' 중 결국 어디가 진짜 내 나라일까 생각하고 있었다. 그런데 웬지 바보 같아졌다.

이름이 두 개여도 괜찮지 않을까? 자기 나라가 두 개나 세 개 있어도 괜찮지 않을까?

어떤 사람에게 나는 '김창행'이고, 어떤 사람이 보면 '오카모토 마사유키'다. 어떤 사람이 보면 나는 일본인이고, 어떤 사람이 보면 나는 한국인이고, 어떤 사람이 보면 나는 북한 사람이다. 그게 정답인지는 나도 모르겠다. 하지만 그 누구도 결코 오답은 아니다.

"매일 김치를 먹습니까?"라는 질문에 일방적으로 화를 내는 게 아니라 "매일 먹지는 않지만, 괜찮으면 다음에 같이 먹지 않을래? 맛있는 가게 알아"라고 한마디 할 수 있는 여유가 있으면 좋지 않았을까.

비로소 답을 찾은 듯했다.

일본으로 돌아가자.

사할린에서 귀국을 앞두고 엄마한테 문자가 왔다.

"할아버지가 돌아가셨다."

⑤

_____

나의 '역할'

할아버지의 유언

2007년 겨울, 할아버지가 암으로 돌아가셨다. 암을 발견하고 여명이 얼마 남지 않았다고 했다는 것은 알고 있어서 부고를 들었을 때는 놀랐다기보다 '올 게 왔구나' 하는 심경이었다. 일본으로 향하는 비행기 안에서 할아버지가 어떤 삶을 살았는지 생각했다.

할아버지는 1929년 한반도 남부의 건축업 집안에서 태어났다. 씨름을 무척 잘해서 지역 씨름대회에서는 또래 중에 적수가 없을 정도의 괴력 소년이었다고 한다.

1943년에 군용 비행장 건설에 종사한 아버지와 함께 일본으로 건너왔지만, 2년 후 일본이 패전하면서 공사는 중지. 비행장 건설에 동원된 노동자들은 직업을 잃고, 갈 데가 없어 이러지도 저러지도 못하는 사람들은 한동안 그곳에 머물게 되었다. 머지않아 할아버지의 아버지는 세상을 떠났다. 동기는 알 수 없지만 자살이었다고 한다.

어떻게든 고향으로 돌아가려고 했지만, 3년 후인 1948년에 한반도는 미국과 소련에 의해 북위 38도선을 경계로 남북으로 분단. 할아버지의 형과 남동생은 남북으로 갈라지게 된다. 남북통일을 염원하지만 남과 북에 각각 정부가 수

립되고, 2년 후에는 한반도의 사상·이권을 둘러싸고 미국을
중심으로 한 유엔군과 북한·중국 사이에서 한국전쟁이 발
발. 그로부터 3년 후, 유엔군과 북한·중국 사이에 휴전협정
이 맺어져 한반도에는 군사분계선이 그어져 분단의 장기화
는 결정적이 된다.

할아버지는 말했다.

"한반도는 바로 통일될 줄 알았다."

"한국전쟁은 곧 끝날 줄 알았다."

"다시 형제들이랑 같이 살 줄 알았다."

그러나 현실은 상상 이상으로 혹독했다. 제2차세계대
전·남북분단·이산가족·한국전쟁·휴전. 역사에 농락당한 인
생이었을 것이다.

일본에 도착하기 직전, 옛날에 할아버지가 이런 말을
했던 게 떠올랐다. 1995년, 전후 50년 특집방송을 보고 있
을 때의 일이다.

"흥. 전후라든가 빼버렸지만, 한국전쟁은 아직 안 끝났
잖아. 아직 그 전쟁의 여파가 있는데. 이놈이나 저놈이나 전
쟁이 끝난 걸로 해대고. 전쟁 반대? 뭐라카노. 한국전쟁 덕분
에 잘살게 된 이 나라가 전쟁 반대 따위를 말할 자격이 있나."

할아버지치고는 이례적인 말이었다. 나는 전혀 상상도

할 수 없는 시대를 살아왔구나 하고 생각했다.

다행히 장례식에 늦지 않았다. 저글링에 열중한 나머지 고등학교를 졸업한 이래 할아버지와 할머니를 만나는 건 처음이었다. 할머니는 오랜만에 보는 손자의 모습에, 약간 언짢은 얼굴을 하면서도 반가운 듯이 말했다.

"오랜만이네. 왜 잠깐이라도 얼굴 좀 보여주러 오지 않았노. 저구지(언제나 틀린다)는 잘하고 있고? 그걸로 제대로 먹고살 수 있겠드나? 바쁜 건 알겠는데, 가끔은 얼굴 좀 보자. 할아버지는 죽을 때까지 니 걱정했다."

가족과의 소통이 소홀했던 나는 만나러 가야 한다고는 생각했지만 시간이 지나면서 만나러 갈 수 없게 되었고, 어떤 기회를 기다리는 동안 몇 년이 지나가고 말았다. 기회를 핑계로 삼고 있던 내가 정말로 한심했고, 설마 이런 식으로 재회할 줄은 몰랐다. 정말 면목이 없어 가슴이 찢어지는 것 같았다.

관을 들여다보니 할아버지가 영면해 있었다.

'이게 마지막으로 보는 할아버지의 모습이네.'

할아버지의 마지막 모습을 단단히 마음에 새겼다. 이내 관 뚜껑을 닫고 못을 박았다.

초등학교 여름방학 때, 만들기 숙제로 핀볼을 만들었

다. 그때 할아버지가 위험하니까, 라고 말하고 널빤지에 못 박는 걸 도와주었다. 그 못질 소리가 머릿속에서 겹쳐지며 눈물이 쏟아졌다.

화장터에 도착해 관이 화장로에 들어갔다. 우리는 할아 버지에게 마지막 인사를 했다. 고쓰아게(화장 후 유족이 고인 의 뼈를 추려 유골함에 담는 의례—옮긴이)도 끝나고 서 있는데 할머니가 말을 걸었다.

"잠깐 시간 되나?"

거절할 이유는 없고, 오히려 오랜만에 만난 할머니한 테 어떻게 다가가면 좋을지 몰랐던 터라 먼저 말을 걸어줘 서 기뻤다. 여기서도 나는 기회를 기다릴 뿐이었다.

근처 카페에 들어가 마주 앉았다.

"뭐 묵을래? 음료수는 크림소다?"

어릴 때 내가 카페에서 주문하는 건 언제나 핫케이크 와 크림소다였다. 할머니한테 내 취향은 중학생 정도일 때 로 멈춰 있다. 나는 사과주스만 주문했다.

할머니가 본론으로 들어갔다.

"실은 암인 걸 알았을 때, 할아버지는 일본 국적을 따러 갔다. 그러니까 그 사람, 국적상으로는 일본 사람으로 죽은 거다."

충격에 말문이 막혔다. 그런 내 마음을 헤아렸는지 할머니는 더 이상 말을 하지 않고, 나는 나대로 침묵을 조금이라도 얼버무리려고 사과주스를 일정 간격을 두고 마시면서 시간을 벌었다. 마음을 어떻게 정리하면 좋을지 감이 오지 않았다.

사과주스를 다 마셔서 더 이상 시간을 벌 수 없어 입을 뗐다.

"음, 뭔말이고. 왜?"

할머니는 잠깐 뜸을 들이다가 어깨를 들썩이며 크게 숨을 쉬고 말했다.

"잘 모르겠지만, 아마 니를 위해 일본 국적을 안 땄겠나. 니, 이름이랑 국적으로 고민했잖아. 이유는 말해주지 않았지만, 그 양반 계속 니를 걱정했으니까."

아마 할머니가 말한 대로였을 것이다. 내가 이름과 국적으로 고민하는 것을 엄마를 통해 알고, 말이 아니라 마지막에 행동으로 뭔가 전하려고 했던 게 아닐까.

할아버지의 성격을 생각했다. "국적이 바뀌어도 인간의 내면까지는 바뀌지 않는다"라고 한 것과 일본 국적을 딴 것에는 일관성이 있다. 그게 할아버지의 나를 향한 마지막 '가르침'이고, 자신의 삶에 대한 '결단'이었을지도 모른다.

사과주스를 다 마시고 돌아가는 길에 할머니가 말했다.

"그리고 니한테 마지막으로 전해줬으면 하는 게 있다 카대."

자연스레 등을 곧게 펴고 진지하게 그 말을 들었다.

"죽는 방법을 묻지 마라. 사는 방법을 물어라."

직접 듣지는 못했지만, 그게 할아버지가 나한테 마지막으로 남긴 말이었다.

슬픈 할매

갑작스럽지만, 나는 분노한 적이 있다. 뭐에 분노했는지는 나중에 이야기하기로 하고, 그 전에 할머니에 대한 이야기하려고 한다.

2017년 겨울, 할머니가 갑자기 돌아가셨다. 병이 아니라 노환이었다.

할머니는 조선의 제주도에서 태어났다. 제2차 세계대전 중에 할머니는 정말 가려고 했는지, 아니면 못 가게 된 이유가 있었는지는 불명확하지만 "나중에 엄마도 오사카로 갈 테니까"라고 말한 엄마의 배웅 속에 배를 타고 제주도에서 오사카로 왔다.

말하자면 〈기동전사 건담〉에 나오는 "엄마는 나중에 갈 거야. 같이 가지 못하는 것일 뿐. 달님이 100번 둥글게 될 즈음에는 반드시 갈게"라는 엄마의 말을 믿고 지구로 간 아르테이시아 같은 거다.

오사카에 도착하고 한동안은 제주도에서 오사카로 온 배를 찾아 엄마와의 재회를 고대하며 항구에 오갔지만, 어느 날부턴가 제주도와 오사카를 잇는 배가 없어졌다. 의지할 데가 없었던 할머니는 동포와 함께 오사카의 쓰루하시에서 서로 의지해 살며 엄마와의 재회를 바랐다. 정말 상상을 초월하는 고독이었을 것이다.

'어머니는 이미 오사카에 와 있을지도 몰라.'

그런 가능성을 믿고 오사카의 마을을 뒤지는데, 어느 날 동포로부터 "교토의 우토로나 히가시쿠조라는 곳에도 조선인이 많이 있는 거 같더라"는 소문을 듣고 엄마를 찾아 교토로 간다. 찾아도 찾아도 엄마를 찾지 못하는 나날을 보내고, 그런 가운데 만난 게 할아버지였다. 첫눈에 반했다. 가족과 떨어져 있는 것, 일본에 의지할 데가 없다는 것. 그런 공통점이 두 사람의 거리를 순식간에 좁혔을 것이다.

제2차 세계대전이 끝났지만 고향으로 돌아가지도 못

하고 오랫동안 어쩔 도리 없이 일본에서 살고 있는데, 남북 분단, 한국전쟁, 휴전. 할아버지와 마찬가지로 냉전의 악몽에 시달린다.

결국 달은 둥글게 100번 뜨고 졌다. 이윽고 아이가 생겼다(나의 아버지다). 할머니는 이 시점에는 '언젠가 이 아이와 함께 고향으로 돌아갈 거야. 어머니랑 재회하고 새 가족과 함께 행복하게 사는 거야'라고 생각했던 것 같다. 그런 마음으로 열심히 일하면서 언젠가 고향에 돌아가도 곤란하지 않도록 아들에게 우리말을 가르쳤다.

시간은 흘러 사랑하는 아들은 일본에서 결혼하고, 얼마 후 손자도 생겼다. 손자에게는 행복이 창창하기를 바라며 '창행昌幸'이라는 이름을 지어주었다. 그러나 서울올림픽이 한창이던 1988년 아들이 세상을 떠난다. 이 순간부터 할머니는 변하기 시작했다. '창행이를 위해 일본에서 살아야지'라고. '언젠가 고향으로 돌아간다'에서 '이제 고향에는 돌아가지 않는다'로 마침내 결론을 내린 것이다. 그때까지 화내는 일이 거의 없이 온화했던 성격의 할머니는 사탕을 버리고 채찍을 손에 쥔다.

'이 땅에서 절대로 무시당해서는 안 돼.'

전쟁이 가져온 온갖 가혹한 현실에 직면하며 몸에 배

어든 체험과 기억이 할머니를 그렇게 만들었을 것이다. 모든 게 나에 대한 애정이었다.

　나는 분노하는 게 있다.

　혐오 발언이다.

　인터넷이 보급되면서 재일코리안에 대한 혐오 발언이 온라인에 넘쳐났다. 그리고 2008년에는 실제로 거리로 쏟아져 나왔다. 그해 12월에는 나의 사랑하는 고향 우토로에 재특회(재일 특권을 허락하지 않는 시민 모임)가 와서 거리 선전전을 했다.

　그들은 특별영주 자격, 생활보장 비율, 연금 제도 등을 트집 잡고 이를 '재일 특권'이라고 주장하지만, 조금만 찾아보면 전부 숫자 장난과 사실을 악의적으로 조작했다는 것을 알 수 있다. 실제로 법무성도 국회에서 "재일 특권 등은 존재하지 않는다"라고 명확하게 답변한 바 있다.

　그러나 당시엔 이 유언비어가 확산하면서 심한 차별이 횡행했다. 노년층이 생활하는 우토로의 주택가에서 확성기로 "당신들의 존재 자체가 반사회적 행동, 일본에서 나가라"라고 당시 재특회 회장 사쿠라이 마코토가 윽박지르는 영상이 인터넷에 올라왔다.

이 혐오 발언 문제가 나왔을 때쯤, 특히 2015년부터 일본 사람들이 "혐오 발언 어떻게 생각해요? 우리가 어떻게 하면 좋겠어요?"라고 묻는 일이 정말 많이 늘었다. 나는 개인적으로는 "혐오 발언? 계속 해보시던가?"라는 입장이었다. 일본의 혐오 발언 영상은 일로 해외에 갔을 때, 특히 유럽에서 몇 번인가 텔레비전에서 봤다. 영상에서 편집된 일부 일본인(외국 국적의 사람도 있을지도 모르지만)이 하고 있는 혐오 발언이 여러 국가에 보도되어, 그 일부 일본인에 의해 일본의 이미지가 현저하게 악화되는 것에 대해서는 오히려 "일본인이 하는 혐오 발언에 대해 일본인인 당신은 어떻게 생각합니까?"라고 물어보고 싶을 뿐 꽤 냉정하게 보고 있었다.

무관심이라고 하면 무관심이다. 혐오 발언은 조선인(재일코리안)에 대한 문제이지, 조선인의 문제는 아닌 것이다. 일본의 문제인 것이다. 그러던 어느 날, 이 생각이 흔들리는 일이 있었다.

2016년 가을쯤 세계 곳곳에서 온 퍼포머가 출연하는 행사로 프랑스에 있었다. 리허설까지 출연자들과 함께 대기실에서 쉬고 있는데, 텔레비전 뉴스에 일본의 혐오 발언 시위 영상이 나왔다. 출연자들은 텔레비전에 주목했다. '아~

또 이걸 다루는 건가' 하며 보고 있는데, 옆에 앉은 독일인 저글러 피터가 약간 화가 난 듯 나한테 말했다.

"김은 한국인이지만 일본에서 왔지? 일본은 인권 차별과 민족 차별을 용인하는 나라인 거야?"

나는 출연자 모두에게 말했다.

"확실히 일본에서는 코리안에 대한 혐오 발언과 시위가 있지만, 그건 일부 일본인이 하는 거고 나는 특별히 신경 쓰지 않아."

그러자 모든 이의 비판의 목소리와 직면했다. 피터는 열성적으로 말했다.

"김, 피해자인 네가 '혐오 발언을 하는 건 일부 일본인이다'라고 전체를 매도하지 않는 건 훌륭하다고 생각해. 하지만 너 한 사람에게는 부분적인 문제일지라도 우리한테는 전체적인 문제야. 적어도 우리들의 눈에는 그 혐오 발언은 너를 공격하고 있는 것으로밖에 보이지 않고, 네 가족과 다른 코리안 전체를 공격하는 거야. 완전한 차별이야. 일본 사회가 그리되어서 좋을 게 없어."

출연자 전원이 동의하는 박수를 쳤다.

지금까지 혐오 발언에 대해서는 일본인의 문제라고 선을 긋고 있었다. 조선 민족이 표적이 되고 있는데도 '나는 신경 쓰지 않아'라며 당사자 의식을 갖지 않았다.

내가 신경 쓰지 않아도 혐오 발언으로 괴로워하는 사람들이 있다. 일본에 살고 있는 이상 국적을 불문하고 일본의 문제, 특히 인권 문제에는 관심을 가져야 한다. 결과적으로 나 역시 차별의 가해자가 될지도 모른다. 그래서 당사자 의식을 갖는다는 게 정말 중요하다. 한국인이 일본인에 대해 하는 혐오도 마찬가지로, 나는 모든 혐오에 반대한다.

피터가 일깨워줘서 혐오 발언에 대한 생각이 180도 달라졌다. 그로부터 수개월 뒤에 할머니가 돌아가셨다.

밤새 장례식장을 지킬 때, 어떤 일이 떠올라 점점 화가 치밀어올랐다. 몇 년 전의 일이다. 재특회뿐만 아니라 재특회에 동조하는 차별주의자도 무척 많기 때문에 새삼스레 누구라고 이야기하진 않지만, 녀석들은 내 눈앞에서 할머니에게 함부로 말했었다.

"어이! 김치 냄새 나잖아! 빨리 너네 나라로 돌아가, 이 바퀴벌레 조센진!"

미안하다. 내가 이상한 걸까? 아는 사람이 있다면 가르쳐주면 좋겠다. 나는 전혀 모르겠다. 할머니가 어떤 잘못을 했다는 걸까?

들은 바에 의하면, 할머니가 제주도를 떠날 때 가지고

있던 건 집 열쇠와 사탕이 들었던 깡통뿐이었다. 집 열쇠를 갖고 떠난 건, 언젠가 다시 집에 돌아갈 작정이었기 때문일 것이다. 할머니는 나중에 올 엄마와 함께 사탕을 먹으려고 날이면 날마다 배고픔을 참고 소중하게 갖고 있었던 것 같다.

가족은 고사하고 엄마의 얼굴이 담긴 사진 한 장 없이, 전쟁이 끝난 후 엄마를 찾아 아리랑 고개를 삼천리는커녕 남북분단이니 한국전쟁이니 잇달은 현실을 깨닫고, 다시 엄마를 만나 고향으로 돌아가는 것을 꿈꾸며 '당분간은……' 이라는 마음으로 비바람을 참고 견디며 필사적으로 살았다. 이윽고 할아버지와 만나 자식을 얻고, 손자도 얻었다. 아들은 죽고, 마음을 굳게 먹고 일본에서 손자인 나를 위해 살아가게 되었다.

집 열쇠를 죽는 날까지 목에 걸고, 약속을 지키지 않은 엄마를 원망하지 않고 언제까지나 잊지 않으려고 했던 그 여성은, 왜 그런 녀석들에게 그런 말을 들어야 했을까?

사진도 없고 만나지도 못하는 엄마의 존재를 가까이 느끼려고 기억에 의지해 엄마가 담근 김치의 맛을 열심히 재현하고, 손자에게 "이거 어머니의 맛이랑 같다"라며 입이 귀에 걸릴 정도로 행복하게 웃던 그 여성은, 왜 그런 녀석들에게 그런 말을 들어야 했을까?

아는 사람이 있다면 가르쳐주지 않을래? 나는 전혀 모르겠다. 우리 할머니는 무슨 잘못을 한 걸까?

혐오 발언 시위대의 청년

2012년. 교토 오쿠보의 이온 마트 앞에서 혐오 발언 시위가 열린다는 정보를 듣고, 한 번은 직접 내 눈으로 보자는 마음에 친구와 함께 현장으로 향했다. 일찍 도착해 마트 내 푸드코트에서 밥을 먹으면서 잡담을 하고 있는데, 등 뒤에서 '조센진'이란 말이 들렸다. 돌아보니 알기 쉽게 욱일기를 가방에 꽂은 청년 둘이 있었다. 이 청년에게 관심이 생겨 양해도 구하지 않고 옆에 털썩 앉아 물었다.

"나 조센진인데, 너거들 목적이 뭐고?"

방금 전까지 즐겁게 이야기하던 둘의 대화가 뚝 끊겼다. 지금부터 말싸움으로 발전하나 싶었는데 청년 한 명, 이케모토(가명)가 말했다.

"아니, 실은 조센진이나 그런 거 잘 모르고 끝난 뒤에 다 함께 술 마시러 가는 게 즐거워서 온 거예요."

귀를 의심했다. 그런 이유로? 그런 이유라고?

너무 어이가 없어서 둘에게 말했다.

"너거들 친구 없지. 그라믄 내랑 친구 먹고 다음에 같이 술 마시러 가자. 그런 말도 안 되는 모임 뒤에 가는 술자리랑 비교도 안 될 정도로 재미있게 놀아주께."

둘은 당황스러워했지만 뭔가 통하는 게 있었는지 그 자리에서 연락처를 교환하고 결국 그날 밤에 같이 술을 마시기로 했다. 이렇게 된 이상 끝장을 봐야겠다고 생각해 한국인이 운영하는 한국 식당을 예약하고 재일코리안, 한국인, 일본인 여덟 명을 모아 낮에 만났던 이케모토와 미시마(가명)까지 열 명이 함께 술을 마셨다. 먹어본 적 없다는 김치와 마셔본 적 없다는 막걸리를 갑질하듯 먹이고, 결국 4차까지 갔다.

미시마는 해롱거리면서 "오늘이 인생에서 최고로 즐거운 날이었어욧"이라고 말했다. 정말 최고였을지 겉치레 인사였을지는 모르겠지만, 누구든 자신의 뿌리와 관련 있는 식문화 등을 좋아해주는데 기분이 나쁘지는 않을 것이다. 어쨌든 즐겁다고 해서 나도 기뻤다. 행복한 기분이 들었다.

이케모토가 말했다.

"보통은 인터넷에서 같은 취미에 대한 이야기를 하는데, 회사에서 열받는 일이 있거나 하면 조센진과 장애인을 상대로 악플을 써서 기분을 풀곤 했어요."

미시마가 말했다.

"인터넷이 내가 있을 곳처럼 되어서, 가끔 스트레스를 풀 장소를 찾아 게임센터에 가곤 했는데 그런 느낌으로 시위에도 나간 거예요."

그들의 이야기를 그저 가만히 들었다. 친구가 없다거나, 설 자리가 없다거나, 즐거운 일이 없다는 등 외로움의 탈출구를 인터넷에서 찾아 특정 민족과 장애인에 대한 비방·중상모략에 열을 올리거나, 실제로 혐오 발언 시위에 나가 스트레스를 푸는 행동은 물론 부정하지만, 괴로운 마음은 이해 못할 것도 아니었다. 나 역시 반대 입장이었다면 같은 마음이 들었을지도 모르기 때문이다. 이런 사람들이 자기가 갖고 있는 훌륭한 힘을 사회를 위해 최대한 쓸 수 있는 환경을 만드는 게 지금 시대에는 중요하지 않을까 생각한다.

이케모토와 미시마는 그 뒤로도 계속 "오늘은 한국음식점에 갔다 왔어요", "오늘 간 식당은 곱창이 맛있어요", "이 브랜드의 막걸리 맛있어요", "케이팝 최고!" 등의 연락을 하더니, 변하는 데도 정도가 있지만 "창행 씨가 내 인생을 바꿨다"라고까지 말했다. 하지만 나는 내가 그들의 인생을 바꿨다고 손톱만큼도 생각하지 않는다. 확실히 계기가 됐을지도 모른다. 하지만 결국 자기 자신이 선택하고 행동하지 않으면 아무것도 달라지지 않는다. 그러니까 두 사람의 인생을 바꾼 건 내가 아니라 어디까지나 이케모토와 미시마 자신의 선택과 행동의 결과다. 매일 활기가 있으면, 인생은 크게 달라지니까.

퍼포머의 괴로움

정체성 갈등으로 괴로워하고 있던 시기와 겹치지만, 모처럼의 기회이므로 퍼포머로서 괴로웠던 것도 이야기해 보겠다.

2002년 9월, 도쿄는 '헤븐 아티스트'라는 문화사업을 시작했다. 헤븐 아티스트는 도쿄가 실시하는 심사에 합격한 아티스트(퍼포머나 뮤지션)에게 라이센스를 발행하고, 지정한 역과 공원 등에서 공연하는 걸 인정하는 제도다. 원래 길거리 공연과 버스킹은 도로교통법 등의 규제가 있어서 경찰서와 지자체에 허가를 받아야 한다. 그래서 당시 도쿄의 헤븐 아티스트라는 일본 최초의 시도는 획기적이었다. 나는 '길거리 공연 월드컵 in 시즈오카 2003'에서 선배 퍼포머가

이 제도를 알려줘서 알게 됐다. 고등학교를 졸업한 이래 주로 해외에서 활동한 이유는 사실 이 헤븐 아티스트 제도를 알고 있었기 때문이다.

헤븐 아티스트 제도를 부정하거나 비판하는 건 절대 아니지만, 고3 때 이 제도를 알고 머잖아 퍼포머가 괴로워지는 시대가 올 거라고 전망했다. 이 제도에 힌트를 얻은 지자체 등이 마을 살리기 등의 일환으로 퍼포머에게 장소만 제공하고 출연료 대신 관객들로부터 팁을 받는 걸 허가한다는 조건을 들이대는 사례가 다수 생기는 건 아닐까 생각했기 때문이다. 게다가 의뢰하는 쪽에 그런 생각이 만연하면 출연료의 시세 자체가 떨어지거나 최악의 경우 관객으로부터 팁을 받는 것만 조건으로 내세울 게 뻔했기 때문에, 이에 대한 대책으로 졸업 후에는 해외를 메인으로 활동하려고 준비했다.

실제로 업계 전체에서 2005년 중반부터는 출연 의뢰의 내용이 "출연료는 없지만, 팁박스는 가능"이라는 것과 "출연료는 5만 엔까지만 지급한다"는 것도 있었다(이미 시세가 내려가고 있었다). 일이 줄어 곤란했기 때문에 울며 겨자 먹기로 하자 나중에는 "2만 엔에 할 사람을 찾았으므로 부득이하게 취소합니다"라고 일방적인 통보를 받거나, 급기야

"재능 기부로 부탁합니다"라는 의뢰마저 있었다.

이 연쇄적인 악순환에서 벗어나려고, 리스크는 꽤 높지만 2010년대를 겨냥해 나의 퍼포머로서의 브랜드 가치를 높이기로 했다. 일단 비합리적인 의뢰를 배제하려고, 2005년 말부터 홈페이지에 조건에 따라 변동은 있지만 '30분 저글링 퍼포먼스 출연료 10만 엔부터'라고 당당하게 공표했다 (2009년까지). 이렇게 하면 너무나 비상식적인 연락은 오지 않을 거라고 생각했지만 상대방도 밑져야 본전인지라 조건을 무시한 의뢰는 끊이지 않았다. 또 출연료는 있지만 삭감 협의 이야기를 꺼내는 패턴도 있다. 나는 출연료 삭감 협의에는 일절 응하지 않기로 결정했다. 신기하게도 이렇게 1년 정도 고집한 결과 출연 문의는 줄었지만 처음부터 정규 출연료를 제시한 의뢰만 들어왔다.

이런 이야기를 하면 돈밖에 모르는 교만한 사람이라는 인상을 받을지도 모르겠지만, 돈에 집착하는 게 아니라 '누구라도 좋으니까 퍼포머를 부르고 싶다'라는 사람보다는 '퍼포머라면 이 사람을 부르고 싶다'라는 사람과 일하는 게 목적이었다. 다양한 퍼포머가 도매금으로 취급당하는 것과 공급 과잉으로 저마다의 가치마저 떨어져버리는 게 두려웠던 것이다.

경력 5년 미만의 시기는 특히 중요한 시기로 경솔하게 행동하면 의뢰하는 사람과 업계 안에서 '그 사람은 높은 출연료를 책정했지만 협의하면 조금 깎아준다'라는 소문이 돌고 만다.

다만, 5년 차가 되었던 2007년은 정말 힘들었다. 4개월간 일이 전혀 들어오지 않는 때가 있었고 그해의 연수입은 100만 엔을 밑돌았다.

당시에 업계 전반적으로 일이 줄거나 시세가 낮아지고 있었다. 그렇다고는 하지만, 어쨌든 임기응변으로 수입을 올리고 있던 다른 사람과 4개월간 수입이 전혀 없는 나를 비교하니 정말이지 흔들릴 거 같았다. 출연료를 절반으로 낮춰서 일을 할까 하고 몇 번이나 갈등했지만, 꾹 참고 정규 출연료를 지불할 사람에게 10만 엔 이상의 퍼포먼스를 보여줄 수 있도록 필사적으로 연습을 했다.

'언젠가 꼭 내 시대가 올 거야!'

그렇게 굳게 믿고 있었다.

그러던 어느 날, 엄마와 일 이야기를 할 기회가 있었는데 무척 좋은 조언을 받았다.

"니가 하고 있는 건 품질이 좋은 걸 알고 사주는 사람을 기다리는 것뿐이잖아. 좀처럼 팔리지 않는다는 건, 파는 방식이 별로거나 단순히 10만 엔의 가치가 없기 때문이다. 니 퍼포먼스에 10만 엔의 가치가 있다고 자신한다면 좀 더 팔아볼 궁리를 해라."

일리가 있었다. 확실히 그동안 너무 수동적이었다. 브랜딩에 주력해 불특정다수에게 알릴 광고나 특정인을 대상으로 한 마케팅을 게을리했다. 그래서 프로모션 DVD를 만들어 퍼포먼스를 봐준 분에게 비매품으로 선물하기로 했다. DVD 케이스 앞면에는 캐릭터와 로고, 뒷면에는 프로필과 문의용 연락처를 넣었다. 이거라면 일부러 홈페이지를 보지 않아도 되고, 내 퍼포먼스를 보고 정말 가치가 있다고 생각한다면 설령 일로 연결되지 않아도 주변에 말하거나 보여줄 것이다. 목적은 인지도를 높이는 것과 그 자리에 없던 사람에게도 널리 알리는 것이었다. 입소문은 어떤 광고보다도 설득력이 있다고 생각했기 때문이다. 이게 적확하게 맞아떨어져 2007년의 공연 수가 8건이었던 것에 비해 2008년에는 30건이 넘고 2009년에는 70건을 넘었다.

2009년에 예명을 현재의 '창행.ちゃんへん.'으로 바꿨다. 여기에도 이유가 있다. 나는 더 이상 정체성 측면에서 고민하지 않았다. 그래서 경계인이라는 존재로서 창행이라는 본명을 그대로 읽되, 표기는 일본의 초등학생도 읽기 쉽게 히라가나로 한 것이다. 그 결과 가타가나로 표기했을 때보다 이름을 더 잘 기억해주었다(일본어에서 가타가나로 표기하는 경우는 외래어나 의성어·의태어 등 한정적이라 히라가나보다 어렵다고 인식하는 경우가 많다. 가타가나로 표기했던 예명은 '김창행キム·チャンヘン'이다—옮긴이).

이런 식으로 2000년대의 지옥을 뛰어넘어 가슴을 활짝 펴고 2010년대를 맞이했다. 2010년대에 들어서자마자 운명을 같이 할 각오로(라고 말해준) 성심성의껏 나를 세일즈해줄 비즈니스 파트너를 만날 수 있었다. 일본 각지에 영화와 무대를 엄선해서 제공해 왔던 가쿠야 교스케 씨다. 가쿠야 씨 덕분에 2010년대는 퍼포머로서 최고의 10년이 되었다.

사실은 더 쓰고 싶은 게 많지만, 이 이상 쓰면 비즈니스 책처럼 되고 말고, 분량의 문제가 있으니 여기까지. 만약 수요가 있다면, 나만의 저글링 연습법과 퍼포먼스론, 쇼비즈니스에 대한 생각 등을 담은 책을 쓰려고 한다.

'변화'란 씨앗을 뿌리는 사람

2004년 4월부터 주로 해외에서 활동했지만, 저글링

을 시작한 지 10년이라는 타이밍도 있고 해서 2010년부터는 일본에서의 활동에 집중하려고 했다. 그 준비 기간으로 2009년 4월부터 일본에서의 일의 폭을 더욱 넓히고자 여러 가지 계획을 세웠다. 앞서 말한 것처럼 예명을 '창행.'으로 변경한 것도 이때다. 감사하게도 공연 의뢰가 많이 들어왔고, 도쿄 디즈니 리조트에 있는 익스피어리와 유니버설 시티 워크 오사카에 공인 퍼포머로서 정기적으로 출연하게 되었다.

그러던 어느 날 약간 특이한 의뢰가 날아들었다. 강연이었다. 초등학교의 학예회나 중고등학교의 축제 등에서 공연한 건 몇 번 있지만, 학생들 앞에서 강연을 하는 건 처음이었다. 솔직히 처음에는 전혀 할 생각이 없었다. 강연에 흥미가 없는 게 아니라 순수하게 '내 이야기는 수요가 없다'고 생각했기 때문이다.

일단 무슨 일이든 경험해 보자는 생각으로 수락했다. 담당 선생님이 강연 내용은 전적으로 맡기겠다고 했기 때문에(이건 이거대로 곤란하지만), 처음에는 저글링 퍼포먼스를 하고 강연은 성장 과정과 어떻게 저글링을 하게 됐는지, 왜 저글링을 계속하는지에 대한 이야기로 구성했다.

2009년 6월, 인생 최초의 강연을 나라현공립고등학교에서 했다. 학교 행사인 학예회나 축제라는 테두리에 퍼포머로 초청받은 적은 있어도 인권 수업으로 초청받다니 지금도 드문 일일지도 모른다.

실전을 맞아 학생들 앞에 섰다. 먼저 저글링 퍼포먼스. 수업의 취지는 다르지만, 학예회와 다를 바 없어 늘 하던 대로 했다. 당시 일본에서는 음악에 맞춘 저글링 퍼포먼스를 보는 기회가 결코 많다고 할 수 없는 시대(지금도 그럴지도?)였던 것도 있어서 시작하자마자 큰 환호성이 일었다. 하지만 여기까지는 누가 뭐라 해도 예상 범위 안. 문제는 퍼포먼스가 끝난 후의 강연이다. 분위기가 급격하게 가라앉을 거라고 생각했다. 그 정도로 학생들은 내 이야기 따위는 기대하지 않는다고 생각했다.

저글링 퍼포먼스가 끝나고 강연으로 넘어갔다. 더듬더듬 이야기를 시작했다. 이 책에 쓴 것과 같은 초등학생 때의 일을 간추려서 이야기했다. 초반에 학생들의 반응을 보고 '뭐, 그런 거지'라고 생각했는데, 엄마가 멋진 꿈을 가진 아이는 다른 애를 괴롭히지 않는다고 한 이야기와 외증조할머니의 열심히 할 수 있는 걸로 최고가 돼라는 이야기가 나오자 건성으로 듣고 있던 학생들의 자세가 조금씩 달라지기 시작했다. 특히 꿈을 위해 국적을 바꾼 이야기에서는, 엄마와 할머니의 대화와 할아버지가 국적이 바뀌어도 내면은 바뀌지 않는다고 한 대목에서 진지한 눈빛이 되어 우는 아이도 있었다.

강연이 끝나고 예상했던 바와 정반대로 반향이 커서 학교의 강연 의뢰가 늘어났다. 돌이켜보면 1년째에는 10건도 되지 않았던 강연 수가 2년째에는 약 30건, 3년째에는 약 70건에, 4년째에는 드디어 100건을 넘어 5년째에는 매년 150건 이상을 하게 되었다. 처음엔 내 이야기는 수요가 없다고 멋대로 단정했지만, 실제로 강연을 하고 생각이 크게 바뀌었다. 오히려 팔레스타인에서의 일로 싹튼, 아웃풋하는 '역할'을 강연이라는 자리에서 계속할 수 있다고 확신했다.

10년 이상 강연을 계속하며 정말 여러 가지 일이 있었다.

학교 폭력을 가한 아이가 전교생 앞에서 이를 고백하고, 피해를 당한 아이에게 그 자리에서 사과한 일.

동아리의 유령부원이었던 아이가 강연을 들은 다음 날 동아리에 복귀하고, 그 후 레귤러를 획득해 마지막에는 전국대회 출전을 달성한 일.

담임 선생님이 3개월 이상 학교에 오지 않는 학생에게 "이제 학교에 오는 건 너한테 맡길게. 하지만 내일 강연만큼은 꼭 오면 좋겠다"라고 설득해 강연을 들은 학생이 며칠 뒤부터 학교에 나오기 시작한 일.

자기는 재능이 없다며 꿈을 포기했던 학생이 열심히 노력해서 가수가 되거나, 교사가 된 일.

아버지가 넷우익이 되는 바람에 가족 사이에 금이 간 학생이 "한 번만 창행 씨의 강연을 같이 들어주면 좋겠어"라며 아버지를 강연에 데려왔고, 그 아버지가 인터넷 등에 글 쓰는 것을 그만두고 가족과의 소통을 소중하게 여기게 된 일.

더 많은 일이 있지만 한 가지 꼭 하고 싶은 말이 있다. 이 모든 변화는 어디까지나 내 강연을 들어준 사람들이 스스로 선택하고 용기를 내 행동한 결과이지 내 힘이 아니라는 것이다. 다만 내 이야기가 그 사람에게 변화의 계기가 되었다면, 나로서는 그런 역할을 할 수 있어서 기쁘고, 강연을 하는 보람이 있어서 계속해나갈 힘이 된다.

앞으로도 누군가에게 선택지가 늘어나는 계기가 될 수 있음을 명심하고, 계속 그 역할을 통해 기여하고 싶다.

집

우토로가 재개발된다고 해서 해체 공사가 시작되기 전에 마지막으로 내가 살았던 집을 보려고 친구들과 우토로에 갔다. 우토로에 온 건 몇 년 만일까.

내가 생각하는 우토로의 이미지는 이웃과 왕래가 많고, 때로는 주민들이 넓은 데 모여 고기를 굽거나 노래하거나 춤추는, 인정과 활기가 넘치는 정서가 있는 마을이다. 하지만 몇 년 만에 가보니 그런 모습은 전혀 찾아볼 수 없었다. 그렇게 힘이 넘쳤던 우토로는 고령화가 진행되고 눈에 띄게 힘이 빠지고 있었다.

우토로의 집으로 향했다. 길을 걷고 있으니 실로 그리웠다. 처음 한국과 북한에 갔던 감각이 되살아났다. 그런 그리움에 잠긴 채 옛날에 살았던 집에 도착했다. 뭐랄까. 확실히 내가 살았던 집인데, 어딘가 다른 것 같았다. 이상했다. 집의 표정이, 내가 기억하고 있는 표정과 전혀 달랐다. 어릴 때 웃는 얼굴로 반겨주었던 집이 지금은 완전히 지친 표정을 하고 있었다. 반겨주고 싶어도 이젠 반겨줄 기운이 남아 있지 않은 모습이다.

옛날에 외증조할머니가 "집은 사람이 살지 않으면 망가져 죽는단다"라고 말했다. 정말 그 말대로, 해체 전이라는 사실을 감안해도, 집의 생명이 얼마 남지 않았음을 느낄 수 있었다.

여러 감정이 온몸을 휘감으며 스스로도 주체할 수 없을 정도로 눈물이 쏟아졌다. 눈물의 이유라면 알고 있다. 결코 추억 때문에 우는 게 아니다. 이 마을에서 옛날만큼의 힘을 느끼지 못하게 된 이유를 이해할 수 있기 때문이다. 고령화가 진행됐다는 인적 요소는 별개로, 이 우토로라는 마을이 1세대의 시대와 함께 그 역할을 마치려고 하고 있는 것이다.

일본 최후의 전후戰後 풍경이라고 해도 좋을 이 마을의 생활방식은 재개발이라는 형식으로 자취를 감추고, 다시 태어난다기보다는 대체된다. 그렇게 생각하니 저절로 눈물이 나온 것이다.

해체 공사 전 우토로의 집 앞에서

몇 개월 후, 마침내 집이 헐리는 날이 왔다. 지붕과 벽이 차례차례 헐렸다. 할아버지가 가족을 위해 열심히 지은 집이 이렇게도 간단히 부서지는 건가.

휑히 드러난 거실은, 예전에 할아버지가 "이 녀석의 꿈은 국적을 따는 것만으로 챌린지할 수 있지"라고 말했던 곳이다. 할아버지는 챌린지, 즉 '도전'하는 것을 존중해 주었다.

분명히 할아버지는 서류상 조선인朝鮮人이라는 신분에 얽매이지 말고 내면은 언제나 챌린저로 있으라고 말하고 싶

었을 것이다. 계속 '도전하는 사람挑戰人'으로 남아 있으라는 것을 가르쳐주었다(일본어에서 朝鮮人과 挑戰人은 동음이의어로, 이 책의 원제는 '나는 도전인ぼくは挑戰人'이다.—옮긴이).

설날에 할아버지와 연날리기를 한 적이 있었다. 몇 번을 해도 연이 잘 올라가지 않아서 포기하려고 한 나에게 할아버지는 이렇게 말했다.

"창행아, 잘 들어라. 연은 말이지, 맞바람을 이용해서 높이 나는 거야. 그러니까 너도 맞바람을 향해 달리렴."

나는 맞바람을 향해 전력으로 달렸다. 그러자 연은 높이높이 날았다. 높이 올라갈수록 무겁게 느껴졌지만, 기분 좋은 무게였다고 기억한다. 모든 고난은 높이 날기 위한 맞바람이며, 보다 높이 날기 위한 부하負荷인 것이다.

이런 걸 회상하며 집이 부서지는 모습을 담담하게 바라보고 있을 때였다. 어릴 적에 키가 자랄 때마다 할아버지와 할머니가 기쁘게 선을 그었던, 나의 성장 기록이 새겨진 기둥이 우지끈 부러지는 광경을 보고 내 안의 소중한 어떤 것이 부서졌다. 마치 내 몸의 일부가 꺾인 듯한 감각이었다. 뭘까. 몸의 어딘가가 무척 아팠다. 잠시 후 그 통증의 장소가 '마음'이라는 걸 깨달았을 때, 나는 부끄러움을 느끼지 못할 만큼 큰 소리로 울었다. 소중하게 여겼던 것이 부서진다는 건, 이렇게나 마음이 아프다.

　이렇게 우토로의 집은 역할을 다했다. 그러나 내 역할은 아직 남아 있다. 나는 내 역할을 다하기 위해 앞으로도 계속 걸어갈 것이다.

얼마 전에 친구가 "지금까지 받은 선물 중에 뭐가 제일 기뻤어?"라고 물어봤습니다. 무척 어려운 질문이었지만, 제가 내놓은 답은 부모님으로부터 받은 '내 인생'이었습니다. 이 책을 쓰는 건, 지금까지의 그 인생을 되돌아보는 절호의 기회였습니다. 이 기회가 없었다면, 잊어버리고 있었을지도 모를 사람들이나 일이 있을지도 모릅니다. 때로는 반가움에 미소를 지으며 쓰고, 때로는 괴로움에 눈물을 흘리며 썼습니다. 정말 많은 생각이 들었습니다. 더 쓰고 싶은 게 많았지만, 이번에 쓰지 못한 것을 포함한 모든 경험과 추억이 지금은 제게 그 무엇과도 바꿀 수 없는 재산이 되었습니다.

이 책을 읽어주신 분에게 어딘가 하나라도 와닿는 부분이나 공감되는 부분이 있다면 기쁩니다. 혹시 이 책을 읽고 조금이라도 긍정적으로 변했거나 앞으로 나아가게 되었다면 제 역할을 또 하나 할 수 있어서 더없이 행복합니다.

지금 '행복하다'고 말했습니다만, 예전에 저는 돈만 있으면 불행하지는 않을 거라고 믿었습니다. 물론 돈은 없는 것보다 있는 편이 좋은 게 분명합니다. 돈이 있다면 할 수 있는 것의 선택지도 많아지고, 경제적·물리적으로 곤란한 일은 줄어듭니다.

하지만 '의식주'로 말하자면 좋은 옷을 입거나, 맛있는 것을 먹거나, 좋은 집에 사는 게 행복의 본질이 아니라는 것을 저는 이 책에 등장하는 사람들을 통해 깨달았습니다. 가족은 물론, 특히 저글링을 한 이래 만난 대부분의 사람이 저에게 대가를 요구하지 않고 오히려 무조건으로 여러 가지를 주었기 때문입니다. 소유할 수 없는 것을 저한테 준 겁니다.

일찍이 외증조할머니가 "언젠가 스스로 열심히 할 수 있는 게 생기면 그걸 열심히 해서 1등을 하면 된다. 1등이 되면 말이제, 지켜줄 사람이 많이 모일 끼다"라고 했습니다만, 이 말의 본질은 대회 등에서 1등이 되는 것이 아닌, '누구에게도 지지 않는 것을 하나 찾아서 다른 사람에게 의지하고, 다른 사람에게 도움이 되는 인간이 되거라'라는 데 있는지도 모릅니다. 그렇게 해석하면, 자기만 행복해진다 한들 아무 의미가 없으며, 모두 다 함께 행복해지지 않으면 가치가 없는 거라고 생각합니다.

2020년대에 저는 그런 삶의 방식에 대해 질문하려고
합니다.

이 글을 쓰고 있는 오늘, 원래라면 도쿄 올림픽·패럴림
픽으로 떠들썩해야 했습니다. 하지만 현실은 신형코로나바
이러스가 전 세계에 맹위를 떨치고 있습니다. 감염자 수와
사망자 수는 늘고 있고, 현시점에서는 앞이 보이지 않습니
다. 수습을 향해 가는 나라나 지역은 있지만 전 세계적으로
장기화되는 건 결정적인 일 같습니다. 이 역사에 크게 남을
팬데믹으로 저도 이벤트 중지와 휴교에 따른 강연 연기 등
큰 영향을 받고 있습니다.

퍼포머는 물론 배우나 가수 등 엔터테인먼트 업계는
절박한 위기에 처해 있는 한편, 스마트폰의 보급으로 온라
인에서 디지털 콘텐츠로 표현의 가능성을 발견했을지도 모
릅니다. 하지만 역시 라이브 등의 연기나 중지를 안타까워
하는 사람들이 많아 다시 한번 물리적인 '친근함'의 장점도
재인식하게 됐다고 느낍니다.

이 팬데믹으로 현대인의 생활은 복구가 아닌 재건이라
는 의미에서 앞으로 크게 또 빠르게 바뀔지도 모르겠습니
다. 그래도 모든 것이 온라인으로 이루어지는 게 아닌, 현실

속 사람과 사람의 연결은 소중히 하고 싶습니다. 마주 보는 것. 같은 풍경을 보는 것. 사람은 공통점·공유점이 있으면 그것만으로도 서로에게 큰 의지가 되는 존재가 된다고 생각하기 때문입니다.

이 책을 쓰는 중에 뉴스 하나가 전해졌습니다.

2020년 5월 25일, 미국 미니애폴리스에서 아프리카계 흑인 남성이 경찰의 무릎에 목이 눌려 사망한 사건입니다. 이 사건이 발단이 되어 항의 시위 'Black Lives Matter'가 미국 전역으로 확산되었습니다. 국경을 넘어 일본에서도 항의 시위가 일어날 정도였습니다. 그런 가운데, 시위에 참여하는 분에게서 "그래도 일본은 미국과 달리 차별이 없는 나라니까 좋지 않아?"라는 말을 들었습니다.

중요한 건 자신의 문제로 생각하는 상상력이 아닐까요? 평화로운 시대를 창조하기 위해서는 이런 상상력이 필수불가결하다고 생각합니다(물론 저 역시 모르는 사이에 다른 사람에게 하지 말아야 할 말을 하고 있었다는 것을 깨달은 적이 있다는 것은 이 책에 쓴 대로입니다).

'먼 나라의 이야기' '나와는 입장과 상황, 생각이 다른 사람들의 문제'라고 분리하려고 해도 결코 아무 상관없는 일이 아닙니다.

저는 최근 10년간 몇몇 사람들에게서 한반도와 일본의 '가교'라는 말을 들을 때가 있습니다. 분에 넘치는 말이라고 생각하면서도, 제 자신의 역할이라는 점에서는 기쁘게 생각합니다. 다만, 그와 동시에 고난과 중압감도 따른다는 것을 이해해주셨으면 하고 바랍니다.

희생됨으로써 상징이 된 인물. 선구자가 됨으로써 가교가 된 인물. 그러나 저는 희생자가 나오는 것을, 선구자가 나타나는 것을 기다리지 않고 관심을 갖고 행동하면 누구나 가교가 될 수 있으며, 다 함께 가교가 되면 가장 좋다고 생각합니다.

마지막으로 책을 쓰자고 하고 구성을 맡아주신 논픽션 작가 기무라 유키히코 씨, 출판사 홈샤의 편집자 와라가이 고이치 씨, 그리고 홈샤 여러분, 유통을 담당한 슈에이샤 모든 분의 많은 협조 정말 감사합니다.

이 책을 끝까지 읽어주신 독자 여러분, 정말 감사합니다. 저의 직업은 퍼포머입니다. 혹시 어디선가 기회가 있다면, 그때는 꼭 생생한 퍼포먼스를 봐주시길 바랍니다.

세계를 무대로 활약하는
재일코리안 저글러의

도전하는 마음

초판 1쇄 발행 2023년 12월 25일

지은이   창행.
구성   기무라 유키히코
옮긴이   한정윤

펴낸곳   니라이카나이
출판등록   2020년 1월 29일 제2020-000024호

이메일   niraikanai_2020@naver.com
인스타그램   niraikanai_books

ISBN 979-11-981778-2-7 03830